「……あれは、ご褒美、ですから
お姉ちゃん」
「渡しません……誰にも……」
「きみに！　恋なんてさせたくないんです！」
JN075579
私の初恋は恥ずかしすぎて誰にも言えない2
伏見つかさ
イラスト／かんざきひろ

contents

デザイン●伸童舎

私の初恋は恥ずかしすぎて誰にも言えない
2
伏見つかさ
イラスト／かんざきひろ

プロローグ

親愛なる読者しょくん！　改めて自己紹介をしよう。
わたしは八隅千秋、高校一年生になったばかりの十五歳。
容姿端麗、学業優秀、スポーツ万能、金持ちの家に生まれ、超美人の姉妹までいる。
誰もが羨む『持てる者』。
元日本一の男にして——
宇宙一の美少女である！
「アハハハハハ！　ハーッハッハッハ！」
笑い声まで麗しい。唯一の悩みは女子にまったくモテないこと——だったのだが。
最近のわたしは一味も二味も違う。
というか性別が違う。
高校入学式の朝。
目覚めたわたしは、なんと女になってしまっていたのだ。
人生でもっとも大切なことのひとつは、狼狽えないこと。
そう心掛けているわたしでさえ、さすがにチョッピリ動揺したぞ。
高校では積極的に恋愛をして、女子にちやほやされる日々を送ってみせる！
そう誓ったばかりだったからな。
いきなり夢破れてしまったのだから、見苦しく絶叫してしまうのもやむを得まい。

しかぁし！
そこはさすがのわたし、すぐさま絶望から立ち直った。
女になってしまってさあ大変。
だがまぁ、なってしまったものはしょうがないと。
超美少女となったニュー千秋様も、最高にいかしているじゃないかと。
でもってわたしは、鏡に映る神々しい美貌を前に、

「誰も経験したことのないような、とんでもない初恋をしてやるぞ！」

新たな誓いを立てたのだ。
ま、もっとも。
わたしが夢見た大望は、半月もしないうちに叶ってしまったのだがな。
それもわたしが、ち～っとも望まぬ形でだ。
十五年間、誰にもときめいたことのなかったわたしは、女になって……。
人生で初めての恋をした。
その相手こそ、八隅楓。
つややかな黒髪と怜悧な面差し、長いまつげに漂う色香。

心の裡を覗かせない、ミステリアスな雰囲気。

高嶺の花という言葉を具現化したような超級美少女。

「助けてくれてありがとうございます――」


「お姉ちゃん」


よりにもよって。

八隅千秋の、双子の妹である。

入学式の朝。

運命のあの時。

彼女もまた八隅千秋と同じように、誰にも言えない秘密を抱える身となった。

ごまかしてもしょうがないので言ってしまうと、ちんちんが生えてしまったのだ。

一悶着あったものの、お互いの身に起こった異常事態を共有したわたしたちは、これを解決すべく、元凶たる長女・八隅夕子のもとへと向かい――

まあ、色々あったのだ。

異常事態の原因が、夕子姉さんの邪悪な実験によるものであったことが発覚したり。

楓を元に戻すために、恋にまつわる実験データを集めることになったり。

ずっと女のままでいることを約束させられたり。

疎遠だった妹と接点ができて、デートをすることになったり、ナンパから助けてもらったり。

不動の精神を持つあの楓が、普通の女の子みたいに動揺するところを目撃してしまったり。

女になって初めて……幽かなときめきを自覚したり。

本当に本当に本当に……色々あって……わたしたちはお互いに、望まぬ恋心を抱いてしまった。

女になってしまったことが些細に感じるほどの大問題だ。

わたしの夢は叶って。

とんでもない初恋をすることができて。

冷たかった妹に『大好きです』と言わせることさえできた。

だけどなあ……ッ！

わたしが求めた初恋は、こうではなぁい！

双子の妹と！　恋愛なんて！　絶対絶対絶対ぜぇ～ったいにぃ！

したくなぁ～～～～～～～～～～～～～～～～～～いっ！

ハァ……ハァ……とまぁ、これがわたしの近況である。

思い出してくれただろうか。

ならばよし……改めて物語を続けるとしよう。

1章

妹が元の身体を取り戻した数日後。

日曜日の朝。

八隅家のキッチンでは、わたしたち姉妹の攻防戦が繰り広げられていた。

「八隅くん、邪魔です」

相も変わらず、姉妹だというのに他人行儀に呼んでくる楓は、巧みな包丁さばきで野菜を切っている。

普段の高貴なイメージとは一味違う、エプロン姿の楓サマ。

その御姿は、こいつのファンが目撃すれば昇天もののご褒美だろう。

「大人しくリビングで待っていてください」

この刺すようなまなざしさえなければな！

ジロリと視線を突き刺されたわたしは、ムスっと不満顔で、

「今朝は、わたしが食事当番だったはずだろう」

「いまの八隅くんに、料理なんてさせられません」

「ぐぬぅ」

いまのわたしは身体が大きく変化した影響で『器用さ』のパラメーターが大きく下がっている状態だ。食事中、箸をポロポロ落とすレベルなので、料理のレパートリーの大半が封印され

てしまっている。たかがサラダを作るだけで出血する始末だ。

本来のわたしは、家事万能のデキるやつだというのに。

ぐぬぬ……悔しい〜〜〜〜〜〜悔しすぎるゥ！

愛する妹であり宿敵でもあるこやつに、大得意な料理で気を遣われてしまうとは……ッ！

屈辱をごまかすために、悪態をついてみる。

「ふん、珍しい。楓にしては、ずいぶんとわたしにお優しいじゃないか？」

「この間、包丁で指を切っていたでしょう。……仮にも女の子に、何度も怪我をさせたくはないんです」

「く……っ」

なんということだ……。

ほんのちょっぴり女の子扱いされて！　ほんのちょっぴり優しくされただけで！

もうダメだった。

きゅううう〜〜〜〜〜〜〜〜〜〜〜〜ん、と、胸がときめいてしまう。

楓が元の身体を取り戻しても、わたしの中から楓への恋心が消えてくれない。

むろん、それを悟られるわけにはいかなかった。

「だから、しばらくは私が食事を作ります。いいですね……八隅くん」

甘い声が響くとともに、楓の瞳から〝魅了〟の魔力がほとばしり、わたしの脳を焼き焦がす。

わたしは意地でも表情を変えず、反撃を試みた。

「楓……『お姉ちゃん』は？　もう、そう呼んではくれないのか？」

甘い声で、誘惑するように――

「…………………」

楓の追撃が、わずかに途切れる。彼女は何故か、ふっと顔をそらしてから、

「……あれは、ご褒美、ですから」

「誰への？」

「もちろん……私を助けてくれた、八隅くんへのご褒美です。『お姉ちゃん』と――そう、呼ばれたがっていたので。だから……一度だけ、呼んであげました」

来る。

楓から、強力な攻撃が――

「私のこと、好きなんでしょう？」

耐えろ……ッ！　があああああああああああああああああああああああああ！

「ふはっ、なーにを言っているのやら」

渦巻く激情を抑え込み、わたしはとぼけた。

「すでに何度も伝えたはずだ――わたしが恋したのは、あくまで『ちんちんが生えている楓』だったのだとな！」

「破廉恥な言い方はやめてください！」

「ならば言い換えよう――わたしは！　いまのおまえに対して！　恋心など！　もはやない！」

　びしり、と、人差し指を楓の顔に突きつける。

　すると楓は、頬を染め、妖艶に目を細めた。

「……本当ですか？」

「ふん、嘘などついてなんになる？」

「八隅くんが一方的に私に惚れている、という不利な状況を隠すことができます」

　鋭い！

　えっ、嘘？　すでにバレかけてない？

　内心で慌てるわたしの前で、楓は丁寧な仕草で包丁を置き、片手をわたしの頬に触れさせた。

「八隅くん……」

　そのまま彼女の指は、わたしの肌を滑り落ち、あごを上向かせる。

「本当に、私のこと……好きじゃなくなってしまったんですか？」

　ぞくぞくぞくっ――――と、背筋に電撃が走る。

　至近距離からの〝魅了〟が、我が精神をがりがりと削ってくる。

　くっ……もはや嘘をつき続けるのも限界だ。

いまにも『好き好きでしょうがないままだよちくしょー！』と、白状してしまいそうだ。

わたしは最後の抵抗とばかりに、破れかぶれの攻撃を繰り出した。

「おまえこそ……わたしのこと、好きなんだろう？」

「──────」

びくっ、と、楓の肩が跳ねた。

──女の子になったきみが好きなんです！

──一目見た瞬間から、好きで好きでどうしようもないんです！

思い出す。怒濤のような、楓からわたしへの、愛の告白を。

しかし楓は、首をぎこちなく横に振って、

「言ったはずです……あれは私が呪われていた間に抱いた、気の迷いだったと。いまの私には、きみへの恋心など……まったく残っていません！」

「本当に？　声が上ずっているが？　実はまだ好きだったり──」

「しません！　ありえません！　変なこと言わないでくださいっ！」

……そこまで断言されると傷つくな。

いや、妹と恋愛なんて心底ゴメンではあるのだけど。

本気の本気の本気の本気で勘弁して欲しいってのが、嘘偽りなく我が本心なのだけどな？

だけど……それでも……。

望まぬ気持ちとはいえ、好きな人に拒絶されるのは……思いのほか辛い。

制御不能の感情が、わたしの涙腺を刺激した。

「そっか……ぐすっ……ごめん」

一筋の涙が、わたしの頬をつたっていく。

すると——

「く……ッ」

なぜか楓は、見るからに狼狽し、

「うううううううう〜〜〜〜〜〜〜〜〜〜〜〜〜〜〜〜〜〜〜〜〜〜〜っ」

胸を押さえて悶え始めた。

「お、おいっ！　どうした急に……！」

「くっ……八隅くんが……悪いん、でしょう……？　ずるいです……泣くなんて……」

今度は、楓の瞳に涙がにじむ。

頬をつたっていく涙を見ていたら……。

「……うっ」

とたん、灼けつくような庇護欲が、わたしの心臓を蹂躙する。

「ぐぅぅ〜〜〜〜〜〜〜〜〜〜〜〜〜〜〜〜〜〜〜〜〜〜〜〜〜〜っ」

好きな人を泣かせてしまった罪悪感が、地獄の苦痛となって我が身を責めさいなんでいた。

「はぁ……はぁ……」

「ふーっ……ふーっ……」

我ら双子は、似たような体勢で、うずくまるのであった。

疲労困憊、涙目で睨み合うわたしたち。

それを……。

「……おまえたち……朝からなにやっとるの？　ワタシのごはんは？」

いつの間にか近づいて来ていた夕子姉さんが、呆れ顔で見つめていた。

はい！　いまのやり取りは忘れて忘れて！

ごほんっ！　気を取り直して！　あらためて夕子姉さんを紹介しよう。

八隅夕子。

時が止まったように小柄で幼い、まるで妖精のように愛らしい容貌。

不敵な笑顔に鋭い眼光。白衣が似合う理知的な雰囲気。

八隅家の長女にして。一家の大黒柱にして。

八隅(やすみ)遺伝子研究所の所長にして。

わたしを性転換し、楓(かえで)を中途半端(ちゅうとはんぱ)に性転換させやがった、自称・天才マッドサイエンティストである。

掛け値なしに邪悪で、この世の誰よりも迷惑きわまりない人で、正義の味方に成敗されるのがお似合いの悪人で——それはもう、まったくもって否定できないのだけど。

わたしにとっては、頼れるお姉ちゃんでもある。

そんな姉さんは、朝食の後にこう切り出した。

「で？　さっきのきょうだい喧嘩(げんか)の理由は？　夕子(ゆうこ)お姉ちゃんに聞かせてみ？」

「別に……たいしたことではありません」

冷淡に返す楓(かえで)。夕子(ゆうこ)姉さんは「イヤイヤ」と片手を振って、

「おまえら、なんか言い合いしとるなーと思って見にいったら、ふたりして、うずくまって泣いていたじゃないか。今日はワタシ、まだなんもしとらんのに」

悪びれもしない。

不動の精神を持つわたしたちを泣かせるのは、いつだって姉さんの仕業である。

ちゃんと自覚しているところがまた、この人のタチが悪いところだ。

夕子(ゆうこ)姉さんは、フハハと偉そうに胸を張って、

「許せんなぁ～～！　このワタシ以外の原因で、おまえたちが泣くなどぉ～～！　さあっ、な

にがあったのか白状するがいいぞ！」

観念しろとばかりに迫ってくる。

頼りになると喜ぶべきか、よく聞かなくてもひでー台詞だと嘆くべきか。

はたまた——姉さんが嬉しそうだからよし、と、微笑むべきか。

悩んでいるうちに、結局一通りぜんぶやってしまった。

しっかし……きょうだい喧嘩の理由……うずくまって泣いていた事情を説明する、か。

「……………………」

「……………………」

わたしは楓と顔を見合わせて、

「秘密だ！」

「秘密です」

声を揃えて黙秘した。

楓が元に戻るきっかけになった、あの『告白合戦』。

——女の子になったきみが好きなんです！

——気持ち悪いでしょう？　同性になったきょうだいに劣情をもよおすなんて。

——知ったようなこと言わないでください！　恋をしたこともないくせに！

――いま、している。

――いま、していると言った！

――おまえにだ！

――わたしは！　いまのおまえに！

――ちんちんが生えた楓に！　恋をしていると言ったんだ！


あぁ～～～～～～～～～～～～～～っ、思い出したくもない！

半ばヤケクソになったわたしと楓が、お互いに愛を告白するという異常なやり取り。

その詳細を、わたしたちは誰にも言っていないのだ。

家族同然の親友にも、実の姉にだって。

だって説明できるわけがないだろ！

性転換したら、双子の妹に恋をしてしまった――などと。

楓だって同じだろう。

「……………うぅ」

ちらりと顔を覗き込めば、楓はうつむき赤面し、なにやらもじもじしていた。

スーパークールな彼女にとって、あまりにも珍しい光景だが、そんなことを気にする余裕などなかった。

楓の恥じらう仕草が可愛すぎて、心臓がどっきんどっきん跳ね回っていたからだ。

胸に手を当て、顔の熱さに耐えていると、

「秘密……秘密なぁ」

夕子姉さんは、なぜかわたしたちを眺めてニヤニヤしている。

さながら、人の不幸を愛でる悪魔の貌。

「なーおまえたち、覚えているか？　楓がどうやって、元の姿に戻ったのかを」

「それは……姉さんの作った薬で」

「うむ、ワタシのおかげで戻れたわけだ。当初の予定よりも、ず〜っと早くな！　ふふふ……だがぁ〜？　こんなに早く薬が完成したのは……何故だったかなぁ？」

「私たちが、予定よりもずっと多くの実験データを提供できたからです」

「そのとおり」

楓の回答に、夕子姉さんは満足そうにしている。

そう。わたしたちの告白合戦は、天才マッドサイエンティスト・八隅夕子に、大量の実験データをもたらした。その結果、楓が元に戻れる日がぐっと早まったのだ。

「そんなことを改めて確認して……姉さんは、なにを言いたいんですか？」

「ふっふっふっふ……ふっふっふっふ……」

この人が超嬉しそうにしていると、嫌な予感しかしない。

夕子姉さんは、悪魔の貌をわたしへと向ける。

「千秋♪　千秋♪　次はおまえに問おう――ワタシが実験データを集めていた方法は、なんだったかな？」

「わたしたちの体内にアヤしいセンサーを埋め込んだとか、なんとか」

「うむっ、夕子ちゃんラブセンサー、な？」

だっさ。名前なんぞどうでもいいわ。

「その夕子ちゃんラブセンサーとやらがどうかしたのか？」

「ちーあーきぃ〜、クックックック……おまえもたいがい察しが悪いな〜。しょーがないから、正解に直結する質問をしてやろう」

「ワタシが計測していた……おまえたちの実験データとは、なんだったかな？」

「えっ……？」

「確か……恋愛……感情……を……」

八隅家のリビングに…………静寂の帳が下りた。

ええと……？　つまり……？　どういうことだ…………？

わたしと楓は目をぱちくりとさせる。

すでに答えがわかっている問題なのに、回答はスローモーションのようにゆっくりと、わたしたちの口から漏れ出ていく。

「ゆ、夕子姉さんは……わたしたちに埋め込まれたセンサーによって……」

「私たちから、わずかにでも恋愛感情が発生すれば……」

「それを知ることができる立場にあった……？」

「だいせいかぁ〜〜〜〜〜〜〜〜〜〜〜〜〜〜〜い♡」

「つまぁり！　おまえたちの恋愛模様はすべて！　このワタシに！　筒抜けになっているのだぁ〜〜っ！　うわはははははは！」

大爆笑を響かせる夕子姉さん。

「――――――――」

衝撃の事実を明かされ、絶句するわたしたち。

しかし、それもほんの一瞬のこと。

つい最近、とんでもない異常事態を切り抜けてきた我らが、この程度で狼狽えるはずもない。

――フム、これはいかんな。

どうやら夕子姉さんは、わたしにとって都合の悪い事実を知っているようだ……。

わたしの『恋心の現状』を、正確に把握しているようだ……。

そして……あの悪意たっぷりの爆笑を見るに、バラす気満々でいるらしい……。

ふっ……フハハ……ハハハハハハハ！

事態はよーくわかった。

では、い、い、いかにどうするか。


「よし」


「仕方ありませんね」

わたしと楓は、意図せず、息を合わせるようなタイミングで駆け出した。

「んっ？ な、なんだっ、おまえたち——」

目を見開く夕子姉さん。わたしたちは答えず、無言でその腕をつかむ。

わたしは右腕、楓は左腕をだ。

でもって同時に、全力で引っ張った。

「夕子姉さん、ふたりきりで話したいことがあります！ ものすごく重要なので、いますぐ私と一緒に来てください……！」

「いいや！ 姉さん！ わたしもふたりきりで話したいことがある！ すごくすごくすごーく重要だから、いますぐわたしと一緒に来てもらおうか！」

「おおっ？　夕子お姉ちゃんモテモテだなワハハ——……いたっ、ちょっ、いたっ」

「八隅、くんっ……手を離したらどう、です、か……！」

「それは、こっちの、台詞、だ……！」

「ばっ、ばかものども？　めちゃイタいんだが？？？　大岡裁きの『子争い』って知ってる⁉」

「もちろん知っていますが？」

「子供の両腕を引っ張っている母親ふたりのうち、どちらが本物かっていうアレだろう？」

「痛がる子供のために手を離した母親が本物、という話ですよね？」

「それがどうしたんだ？　いまの状況となんの関係が？」

「息ぴったりだなおまえたち！　お、お姉ちゃんイタがってるでしょ？　手、離そう？」

「そうだぞ楓、姉さんが可哀そう、だと、思わない、のっ……かっ！」

「まったく、思いません、ねっ……！」

「ハハハ気が合うな楓。わたし——も、だっ！」

フンっ！　と、一層気合を入れて、我が子ならぬ実姉を引っ張るわたしたち。

「ぎょえええ！　ちぎれちゃう〜〜！」

妙齢の女性らしからぬ悲鳴が響こうとも。

最後までその手を離すことはなかったのである。

数分後。八隅家のリビングには、瀕死の姉さんが、ornの体勢でうずくまっていた。

ハア……ハア……と、息も絶え絶えの様子。

「いいか……つまり……ワタシが言いたいのは、だな……性転換したおまえたちが、一時的に！　許されざる恋愛感情を抱きあっていたことと！　いまやその恋愛感情が綺麗さっぱり消え失せていることを、ワタシは認識しているのだぞ、ということだ！」

夕子姉さんは、そんなわざとらしい台詞を口にした。

翻訳しよう。

『千秋！　おまえがいまも楓に恋愛感情を抱いちゃっている件は、黙っておいてやるぞ！』

という、わたしだけに向けたメッセージだろう。

よしよし……姉さんの口を封じるため、全力を尽くした甲斐があったというものだ。

「どーせさっきキッチンで泣いていたのも、それ関連でだろう」

お姉ちゃんにはお見通しだぞ、などと言いつつ復活する夕子姉さん。

すっくと立ちあがって、ふてくされたように唇を尖らせる。

「つーか、きょうだいで恋愛しようが別によくないかー？　と、お姉ちゃんは思うんだがー」

「よくない」

「よくないです」

「なんで？　どうして？」

どうやら姉さんは、本気で聞いているらしい。

なんでどうして、きょうだいで恋愛してはいけないのか。

ふん、そんなコトは決まっている。

「血のつながった妹と付き合っても自慢できないからだ」

胸を張って言った。

「楓は超美人で超可愛くて超人気者だ。本来ならばあらゆる友人知人が、わたしたちを祝福するだろう。ガンガン羨望の眼差しを集めて気持ちよくなれるだろう。バシバシ嫉妬されてにょによプゲラできるだろう」

だが！　しかぁし！

「『妹と付き合いました』となったら、そうはならない。親友にはめっちゃ叱られるだろうし、いつかわたしが自伝を出版したとき、海外で発禁になったりするかもしれんし、詳しい事情を知れば能天気なクラスメイトたちだって、さすがにうーんという反応をすることだろう」

きっぱりと言う。

「だから嫌だ」

「八隅くんは、自慢したいから恋人を作るんですか？　最低ですね」

楓から蔑みの目で見られるが、わたしは意にも介さず言い返す。

「まったく違う。自慢もしたいんだ。いちゃいちゃしたいし、甘々デートをしたいし、えっちなこともしたい。カップル配信とかもやってみたい。夢見たあれこれをぜーんぶやりたい」

「欲望を隠そうともしないな、おまえは」

夕子姉さんは呆れているが――

「隠すようなものではないからな！」

わたしは豊かな胸を張るばかり。

「ならば聞くが」

夕子姉さんは薄ら笑いを浮かべる。

「楓が妹じゃなかったら、血がつながっていなかったら――付き合いたいのか？」

「……」

「おや？　なぜ黙るぅ〜？　ふふふ……答えられないのか？」

「いや……考えているんだ」

顎に手を添え、ゆっくりと視線を楓へと向ける。

「な、なんですか？」

戸惑う顔が、ものすごく可愛い。めちゃくちゃえろく見える。

ドキドキする——が、付き合いたくはない。

妹だから。血がつながっているから。

では、それらの問題がなくなったとすれば。

どうなのか。

わたしと楓が、血のつながった双子ではなかったとしたなら。

わたしは、『妹ではなくなった楓』と恋人同士になりたいと思うのだろうか……？

「や、八隅……くん？」

沈思するわたしを気にしているのか、楓が、ちらっ、ちらっ……と、こちらを見ている。

ぐぬぬ……楓め……またしても無意識にわたしを誘惑しおって。

なんだい？　そのあざとい仕草は？

きみ、普段やらんでしょ、そんなの……？

くらくらしてきた。

わたしは胸の中にある『回答』を、言葉にならぬままに口から吐き出そうとして――

「イヤ待て！　夕子姉さん！　なんだいまの質問は！」

ぎりぎりで思いとどまった。

気付いたからだ。

これはひっかけ問題だと。

楓が妹じゃなかったら、血がつながっていなかったら――

八隅千秋は、付き合いたいと思うのか？


「付き合いたいわけないだろ！　いまのわたしは、楓に恋愛感情などないのだからな！」

なんとタチが悪い！

わたしが楓のことを、まだ超好きでいる前提の質問などしやがって！

ふぅ～～っ、危なかった……！　ふはぁ……マッジで、ぎりっぎりだったな……。

悪魔が仕組んだ『卑劣な罠』を華麗に回避したわたしは、ジロリと夕子姉さんを睨む。

「ちっ、惜しい。もうちょっとだったのに」

すると姉さんは、舌打ちしてそう言った。唇の動きだけで、楓には伝わらぬようにだ。

とうの楓は、数秒目を離しているスキに、なにやら不機嫌になっている。

横柄に腕を組んで、わたしへと流し目を送ってきた。

「……ふん、そもそも、私が八隅くんと交際することなんてありえませんから。……意味のない仮定です」

「フッ、そのとおりだ。わたしが楓と付き合うなんて、世界がひっくり返ってもありえんぞ」

わたしも楓の意見に乗っかって同意しておく。

なにせ楓には、いま、かなり怪しい態度を見せてしまったからな。

わたしが隠している『いまも楓のことが好き好き超大好きでたまらん』という秘密がバレないように、そんなことはないですよ——と、全力で念を押しておく必要があった。

言った瞬間、ものすごい勢いで楓がこっちを振り向き、ギロリッ！　と睨みつけてきたが

「な、なんだよ」

「なんでもありません！」

女心というものは、女になってもわからないらしい。

——

翌日の朝。

わたしは、夕子姉さんが運転する車の助手席に座っていた。

夕子姉さんは現在、偽りの養護教諭として学校に通っているので、こうしてちょくちょく車で送迎してくれるのであった。

車内に楓の姿はない。つい先日、部活説明会があったためだ。

妹に負けを認めるみたいで悔しいので、あんまり説明したくはないのだが……。

スポーツ万能の楓は、多くの運動部から熱烈なお誘いを受けているのだ。

しかしとうの本人は、まったく入る気がないらしい。

その理由について、楓はこう言っていた。

『「夕子姉さんの実験」を受けてから……身体能力が向上している気がするんです』と。

元の身体を取り戻したのと同時に『身体能力の向上』も落ち着いたらしいが……。

それでも、しばらくは様子見をしたいのだとさ。

そういうわけで……楓は早くに登校して、自分をスカウトしてくれている先輩方に、辞退のお話をするんだと。

律儀にもな。

わたしは妹の、こういうところが嫌いではない。

とまぁ、そんな流れで、夕子姉さんとふたりきりで登校中。

うきうき鼻歌を歌いながら車を動かしていた姉さんだったが、

「そういえば千秋。昨日した話の続きだが――」

「――楓が妹じゃなかったら付き合いたいの？」

唐突に蒸し返してきやがった。

まぁ、あのときは『ひっかけ問題』のせいで、ちゃんと答えなかったからな。

わたしの回答はもちろん――

「付き合いたいとは思わない」

「ほほぉう？」

予想通りの答えだったのか、それとも逆か。

夕子姉さんは、面白そうに目を輝かせる。

「なんで？　どうして？　お姉ちゃんに教えてくれ！」

知識欲全開でおねだりしてくる。

わたしはこう答えた。

「ずっと家族として過ごしてきた相手と恋人同士になる……という状況に、まず強い抵抗がある」

「ほ～、初恋がお姉ちゃんだったくせに常識的なことを言うじゃないか」

　いやそんなの覚えてないし。

「社会的に推奨されていない関係をなるべく避けようというのは、おかしな考えではないだろう。昨日も言ったとおり、自慢できんし――……それに」

　ぽつりとつぶやく。

「妹とは……結婚できない」

「なんで？」

「妹じゃなくても結婚できんだろ、女の子とは」

「なんでって……おまえ、いま女だろが」

「あ」

　あ、あ、あ〜〜〜〜〜〜〜〜〜〜〜〜〜〜……………。

　ほんとだ。わたし、女じゃん。宇宙一の美少女になってるじゃん。

　結婚できないよ、女の子と。

「なんということだ…………」

「えぇ……」

　愕然（がくぜん）とするわたしを見て、夕子（ゆうこ）姉さんが引いている。

「ほんとにいま気付いたってコトぉ……？　さすがのワタシも想定外なんだが……」

「しょ、しょうがないだろ！　女の子初心者なんだから！」

……パスポートも保険証もマイナンバーカードも戸籍もない八隅千秋ちゃんよ。

「それで……どうするの、おまえ？」

ぐぬぅ……いまのわたし、思いのほか身分が証明できない……夕子姉さんのせいで……。

どうするって、なぁ……。

姉さんとの約束もあるから……男に戻るつもりは、いまのところないし……。

うーん、うーん。

わたしはしばし、腕組みをして悩み——

「正式な婚姻ができないのは、まぁ、セーフとしようか」

「切り替え早すぎて怖……。セーフなのか、それでいいんか？」

「人生には時に妥協も必要なのだ」

「ああ、そう。じゃあきょうだいで付き合ったってよくない？」

「よくない。結婚できないのはセーフとして……楓とわたしでは…………」

ぽっと顔を火照らせながら、

「子供が作れないから」

「だから女同士で子供は作れんて！　切なそうな顔でアホなこと抜かすな！」

「あ」

「わざとやっとらん？」

「誓ってそんなことはない。むー、しかしそうか……いまのわたしは、好きになった女の子と……結婚できないし、子供も作れないのか。こいつは困ったな」

「本気で困っているのが伝わってきて、お姉ちゃん困惑」

珍しく、姉さんが困り眉になっている。

そんな彼女に、わたしは気軽に言ってみる。

「夕子(ゆうこ)姉さん、なんとかならない？」

「なるぞ」

「なるの⁉」

ダメもとで聞いたのに！　そんな！　あっさりと！

「結婚問題はさておき、おまえが女の子と子供を作る方法──こちらはたやすい。ワタシを誰だと思っているんだ？」

わたしと楓(かえで)を性転換させた──マッドサイエンティスト。

「そう……か！　わたしが好きになった女の子との間に、子供を授かるには──」

「ククク……気付いたか」

「ああ！　えっちするとき相手にちんちんを生やせばいいのだな！」

「千秋(ちあき)が産むのォ⁉　そっち⁉」

めちゃくちゃびっくりされてしまった。

グラッと車内が揺れて、マジで怖い。

「む、なにかおかしなことを言ったか？」

「いや……男の感性が残ってるっぽいのに、そうなんだあ……って」

余程のことでは狼狽えない。

それはこの人だって同じはずなのに、夕子姉さんは、はげしく動揺している。

「つーか、別に生やさんでも……他にもやりようあるからな？　ワタシ的には、そっちメインで説明してやろうと思ってたんだからな？」

「ふーん、まぁ、話が長くなりそうだし……必要になったら姉さんを頼るよ」

大事なのは、わたしが女の子と恋愛をするにあたって悩んでいた『大きな問題』がひとつ消えたということだ。それだけわかっていればＯＫだろう。

夕子姉さんは、ちいさなお手々を胸に当てて深呼吸をひとつ。切り替えるように言う。

「……ともあれ、そういうわけで、だ。ホレ、きょうだいで恋愛ができない理由、お姉ちゃんが潰してやったぞ。これでどうだ？」

「どうだって……なんで夕子姉さんは、そーしきりに、きょうだいで恋愛させようとするんだよ」

「んなっ……」

怒りからか、姉さんの顔が真っ赤になった。

「そ、そんなことないぞっ！　別にワタシが彼女候補に立候補してやろうとかっ、そういうアレじゃないんだからな！　ただ……おまえが……その……無理して初恋を諦めようとしてるのが、かわいそうだから、だなぁ……」

　恥ずかしそうにブツブツ言うのが可愛くて、つい口元が緩んでしまう。

「はは」

「なっ、なにを笑っている？」

「いまの夕子姉さん、まるできょうだい想いのお姉ちゃんみたいだったぞ」

「ハ！　いっつもきょうだい想いのお姉ちゃんだろがい！」

「違いない」

　きょうだい想いで優しくて、悪戯好きで邪悪なのが夕子姉さんなのだから。

　だが。

「悪いがやはり、きょうだいで恋愛などしたくはないな。絶対に」

「なんで？」

「倫理にもとるからだ」

「千秋に倫理観なんてあるわけないだろ」

「し、失礼な！　ちゃんとあるよ！」

「ないよ。ワタシと同じくらいないよ」

自信満々に断言しおる。

「なんでそんなひどいコト言うの⁉　姉さんみたいなマッドと同類にしないでくれる？？？」

「いまワタシとした一連の会話を、もしも正気の第三者が聞いていたなら、間違いなくそう判断すると思うぞ。『この八隅千秋とかいうやつ、倫理観ぶっこわれてんな』『マッドサイエンティストの才能あるな』って」

「ぐぬぅ………」

否定できぬ。

「ま、まぁ……確かに？　わたしには？　倫理観？　他の人よりは？　ほんのちょっぴりだけ……ないかもしれんけどな？」

弱々しい反論から一転、声を強めて主張する。

「それはそれとして！　妹となんて！　付き合いたくないいんだって！　ぜぇ〜〜〜〜〜〜〜〜〜〜〜〜〜〜〜〜〜〜〜〜〜〜〜ッたいにぃ！」

「なんで？」

「だから、それは……」

「倫理とかいう千秋に似合わん理由以外で。……なんかあるんじゃないか？」

「が……ぐ……ぬぅ……」

粘り強く追及されて、何度も自問自答させられて。

「ぐぬぬぬぅ〰〰〰〰〰〰〰〰〰〰〰〰〰〰〰〰〰〰〰〰〰〰ッ」

ようやく胸の内から、ぼそっと出てきた言葉があった。

「楓が……嫌がってるから」

「それが本音か」

「ああ、そうだよ。心理的な抵抗とか、他にも色々あるけどな……一番大きな理由だ」

かぁぁ……と、自分の顔が赤くなっているのがわかる。

「あいつは、わたしたちと違って……ちゃんと普通の女の子なんだ。まともな倫理観を持っていて、そこから外れれば苦痛と恥じらいに打ちのめされる」

だから。

中途半端に性転換してしまったとき、あんなにも辛そうだった。

二度とあんな思いはさせたくないのだ。

「こっちに付き合わせるわけにはいかん。言っておくが……あの件についてだけは、夕子姉さんを許しちゃいないからな」

「ふぅむ……なるほどな。千秋の考えはわかった。では、それを踏まえて、もう一度聞こう」

姉さんは、すっと真顔になって、

「それで、おまえはどうするんだ？」

「前に言わなかったか？　むろん『新しい恋』を探すとも」

わたしは初恋を経験したが、失恋してしまった。

ただそれだけのこと。誰だって経験するような、ありふれた体験にすぎない。

で、あるならば。いつものわたしらしく乗り越えて、前に進めばいい。

「わたしの望みはすでに言っただろう。熱く燃えるような恋をして！　結ばれて！　思いっきり甘い生活を満喫するのだとな！　——失恋しようが、それは変わらん」

わたしの真面目な宣言を、

「ふぅん？　ふ～ん？　ふぅぅぅ～～～～～～～～～～ん？」

夕子姉さんは、ふざけた声で味わっている。

「なんだよ」

「ワタシは、千秋と楓を深く愛しているのだ。ときに迷惑をかけることもあるし、それを面白がることもあるだろう。嬉々として邪魔することだってあるやもしれん。しかしな、それはそれとして——こうも願っている」

優しく目を細めて、

「我が姉妹に幸あれ、と。それは、信じてくれるか？」

「聞くまでもないだろ。前置きはいい。結論を言ってくれ」

「ふはは、この恥ずかしがり屋さんめ。いいだろう。ようするに、こういうことだ――」

夕子姉さんは得意げに言った。

「ワタシも応援してやるぞ。おまえの『新しい恋』とやらをなっ！」

それは……家族の幸福を願う長女としての発言なのか。

はたまた、他者の不幸を面白がる悪意あってのものなのか。

両方だろうな、きっと。

だって、わたしの姉さんだし。


騒々しい朝の教室にて。

「というわけで、わたしは『新しい恋』を見つけることにしたのだッ！」

「なにが『というわけで』なのか、ちっともわからないんだけど……」

呆れたまなざしを向けてくるのは、西新井メイ。

わたしと楓の幼馴染である。

十五歳とは思えぬ豊満な肢体。

放つオーラは、芸能人顔負けの華々しさだ。

そんな彼女は、わたしの席を挟んで向かい側に座り、興味津々で聞いてくる。

「まずその『新しい恋』ってナニ？　古い恋があったってコト？　あんたと一番付き合い長くて超親しぃ～～いこのあたしが知らないうちに？　ありえないんですケド？？？」

と、メイは頭突きをするような勢いで顔を近づけてくる。

ちなみに先に家を出た楓は、わたしの斜め前の席に座り、こちらをチラリとも見ようとしない。

こんなに騒がしくしているのにだ。

ふんっ、楓のやつめ！　わたしの恋愛になど興味がないらしいな！

初恋がわたしだったくせに！　薄情者めっ！

――などというイラ立ちは表に出さず。

わたしは両手で制止のポーズを作りながら、メイに向かって言った。

「ふむ、わたしの『新しい恋』について、まずは情報の共有が必要だな。むろん、すべてを話すことはできないが――」

と、センシティブな話を切り出そうとしたら。

「なになに？」

「恋バナの気配がするぞ～？」

「千秋ちゃん好きぴできたん？」

わらわらと女子生徒たちが集まってきた。

それも当然。メイはクラスカースト最上位の人気者だし。

このわたしも、宇宙一のスーパー美少女になってからというもの、クラスのみんなから、おおいに愛されているからな。

「うーっす、千秋ちゃん！」

「今日もかわいーねーっ♡」

もちろん中学時代のわたしだって、超イケメンで有能な生徒会長として学校の人気者だったとは思う。思うが、ここまでストレートに甘やかされる感じではなかった。

なにせこのわたしが！　このクラスで！

なにをやろうが、なにを言おうが！

問答無用で好意的な反応が返ってくるのだからな！

「フハハハハ！　ハーッハッハッハ！」

この溢れんばかりの美少女パワー！

たまらんな！

「えー、なんでいきなり高笑いしたん？」

「かわよ」

「よしよーし♪　よしよーし♪」

「おまえたち！　頭を撫でるなうっとおしい！」

「あ～ん、怒った顔もかわいぃよぉ～♡」

「ごめーんねー♪」

「クッ……！」

なんか思ってたのと違うよーな気もするが！

望み通り、女子にちやほやされる毎日ではある。

で。

女子高生に囲まれた状態で、恋愛事情を説明しなくちゃならなくなったわけだが。

問題ない。どのみちやるつもりではあったのだ。

聡明で抜かりのないわたしである。すべてを説明できないので、なるべく嘘の少ないカバーストーリーを準備済みだ。だから問題ない……ない、のだ、が。

「うっ……くっ……」

「千秋、なにその『屈辱ぅ～』みたいな顔は？」

メイが怪訝そうにしているが、心の中だけで回答するならば、

『こんな屈辱的なカバーストーリーを説明したくないから』である。

わたしが言葉を発するまでに、おおよそ三十秒ほどの時がかかった。

「わたしは、いままで恋をしたことがない。だから、高校では積極的に恋愛をしたいと思っているんだ――と、以前、みんなにそう言ったことがあったな」

うんうん、と拝聴の体勢になる女子高生たち。ちらりと周囲を見回せば、男子連中も聞き耳を立てているようだ。クラスの中で楓のみが、素知らぬ顔でそっぽを向いている。

「あれから色々あって……だな」

そんな中、わたしはこう続けた。

「無事に初恋をすることができた」

「おお～～～～～～～～っ！」

盛り上がる女子たちの中、メイだけがムッとして、

「誰なの？　……相手は」

「楓だ」

「はあ!?」

あっさり答えたら、むちゃくちゃ驚かれてしまった。

「げほっ……げほっげほっ……」

楓も――まさか馬鹿正直に言うとは思わなかったのだろう――むせてせき込みながら、こちらを睨んでいる。

しかし、この場でもっとも動揺しているのは、なぜかメイだった。

「ど、どっど……どういうコト!?」

「どういうこともなにも、言ったとおりだ。わたしは楓に恋してしまった。だが……」

わたしはうつむき、屈辱を噛み殺しながら、カバーストーリーを口にする。

「……振られてしまったんだ」

あぁ〜〜っ、と、悲痛な声が周囲から上がる。

「千秋ちゃんでもむりだったかー」

「おっかしーなー、ぜぇ〜ったい脈アリだと思ってたのにー」

「楓サマ、ちょー鉄壁だもんねー」

「ん、しゃーない」

「元気だせー」

などなど、わたしを気遣う声が続く。

ぐぬううううう……。

わたし自ら『楓に振られた』という誤解を振りまかねばならんとは。

はらわたが煮えくり返るような屈辱……！

『元男』というドでかい秘密をみんなに黙っているくせに、いまさらなにを言うのかと思うかもしれんが……！

クラスメイトたちに、あまり嘘をつきたくはないのだ。

最低限の嘘で済まそうとすると、こう説明するしかない。

現在わたしは、

——楓には『もはやおまえへの恋心など一切ないわ！』と嘘の説明をしていて。

——クラスメイトには『楓に振られた』と嘘の説明をしている。

という状況。

こう並べてみると……楓についた嘘の方がデカイ気がするな。

実際、楓には振られたよーなもんであるし。

「ごほん。と、いうわけで」

わたしは咳ばらいをして、話を最初まで戻す。

両腕を大きく広げて、

「わたしは『新しい恋』を見つけることにしたのだッ！」

「おお～～～～～～～～っ！」

わたしのカッコいい決意表明に、再び歓声が上がる。

「千秋ちゃん前向きだねー」

「えらい！　かわいい！」

「うちら協力するよー」

みんなが優しい。温かい。

我がクラスメイトたちは、実に気のいいやつらである。

「…………」

楓とメイだけが渋い顔をしていた。

特に……一部の事情を知っていて、かつ、わたしと楓の『告白合戦』と、その顚末を知らないメイは、シンプルなカバーストーリーに納得しきれていない様子。

「ちーくん……ほんとに……楓のコト……」

「まぁな、自分でも驚いている。まさかこんなコトになるとは……」

動揺のあまり、昔の『ちーくん』呼びに戻ってしまっているじゃないか。

わたしは、ひとつ息を吐いて、

「だが、もう終わったコトだ」

「吹っ切ったってコト？」

「ああ、だから……メイもわたしの『新しい恋』探しに協力してくれると嬉しい」

かつてメイは『初恋がしたい』というわたしの夢を聞いて。

『あんたに恋を教えてあげる』と言ってくれた。色々と骨を折ってくれたんだ。

だから今回も、きっと快諾してくれるだろう――と、思いきや。

「…………」

色気たっぷりの唇を、への字にして不満そう。

「面白くないわね……あたしが初恋を教えてあげるつもりだったのに」

「そんなことを言われても、しょうがないだろ」

「しょうがないからムッとしてるのよ！　ほんっと腹立つやつね！　ふん！　……まぁ、引き続き協力してあげてもいいけど……ちなみにあんた、あたしに恋しちゃったら、どうするわけ？」

「好きになってもらえるよう、がんばってアプローチする」

メイが迷惑じゃなければ、だがな。

アプローチすることさえ許されない。相手が嫌がってしまうから——なんて状況も、恋愛ではあり得るだろう。

そういうときは、素直に諦めて引くつもりだ。

好きになった相手に、嫌な思いをさせたくはないから。

「それで……好きになってもらえたところで、告白するんだ」

「おぉ〜っ！」

「えもーい」

クラスメイトたちが、めいめいに良いリアクションをしてくれる。

「…………………………」

こちらに背を向けっぱなしの楓は無言のまま、強くこぶしを握り締め、震えている様子。

おお、怖い怖い……騒がしくしているから怒ったのだろうか。

そしてメイは、大きな目を見開いて『わたしの方針』を聞いていたが、やがて。

「ふぅーん？」

頬杖（ほおづえ）をついて、目を細める。

まるで彼氏候補を見定めるようなまなざしでだ。

「じゃ、がんばりなさい。あたしと付き合いたいならぁ……ちゃあんと、あたしを惚（ほ）れさせなきゃね。言っとくけど、むっずかしいわよー？」

「……あくまでこの先……『メイに恋しちゃったら』の話だぞ」

すでにわたしがメイにベタ惚（ぼ）れしているみたいな言い方はやめてもらおうか。

「時間の問題よ。同じ同じ。——よぉ～っし、やる気出てきたわ！　千秋（ちあき）！　『あたしたちのいまの関係』が……なんだったか覚えてる？」

「もちろんだ。——女友達（ガールフレンド）、だろ？」

——お友達からはじめよう。

そう約束したばかりだからな。

「そーよ。だから——」

彼女は、にぃっ、と笑んで、

「女友達らしく、遊びましょう」

「うぇーい♪　じゃー放課後みんなで遊びいこーよ～♪」

「いいネ！　千秋ちゃんを慰めてあげたーい」

「友情ふかめよーっ、ゆーじょーっ」

よくいえばおおらか、率直にいえば超テキトーな一年一組の女子たちは、楓サマに振られて傷心中（事実）であるわたしの周囲に集い、ちやほやしてくれている。

そんな中、彼女たちを統率するリーダー的存在であるメイは、女子たちをジロリと見回す。

「はー？　あんたたち、あたしの話聞いてなかったのー？」

得意げに、片手を大きな胸に当てて、

「千秋は、今日の放課後、あたしとふたりきりで出かけるんだから！」

「えー」

「聞いてなーい」

「独り占めとかずるーい」

「へへー♪　みんなで出かけるのは今度ね！　今度！」

「……むー」

クラスメイトたちは不満を漏らしながらも、メイに従う様子を見せる。

女になってみて、女の子グループに交ざってみて。

あらためて幼馴染のすごさを思い知った気がする。

こんな混沌を、よく制御できるよな。

だがしかし、さすがに無条件とはいかなかったようで、

「なーらぁ、放課後は譲るから——」

「千秋ちゃん、いまはあたしたちがもらうねーっ」

わたしの背後から、女子生徒がぎゅっとハグしてくる。

うお……っと。

ううむ……女の子ってこんな気軽にスキンシップするものなのか……？

『あたしたちがもらう』って……わ、わたしをどうするつもりだ……？」

正直に言おう。わたしはいま、ほんのちょっぴり怯えている。

「え～？　どうして欲しい～？」

「楓サマに振られて、かーいそーな千秋ちゃんを～」

「うちらが慰めてあげるーっ」

と、いうことらしい。

「……む、う。つまり……それは…………わたしが決めていい、というコトか？　わたしを慰めるために……希望どおりのコトを……クラスのみんなが……してくれると？」

「そそ」

「なんでもいいよー」

「遠慮しないで言って！」

太っ腹なことである。

「……ほんとになんでもいいんだな？」

「なんでもおっけー」

「なら、遠慮なく！　実は女子高生になったら、やってみたいと思っていたコトがあってだな！」

女子高生どもに怯えていた状態から一転、嬉々として切り出したわたしだったが。

対面のメイがジト～っと見てくる。

「千秋ぃ～～……わかってると思うケド……変なことだったら怒るわよ……？」

「ふっふっふ、それは聞いてから判断してくれ！」

メイに脅されながらも、わたしは堂々とリクエストを言い放った。

数分後――

「ハーッハッハッハ！」

教室後方に椅子を並べ、その中心に鎮座するわたしの姿があった。

左右に綺麗どころを侍らせ、鷹揚に足を組む。

眼前には、姫君への謁見を待つ生徒たちが列をなしており、

「千秋姫の足置きになりたい人はこちら！　並んで並んで～順番ねー」

などとやっている。ノリのいい連中である。

「フッ……フフフッ……クフフフフフッ………」

これだ！　ずーっとこれがやりたかったっ！

『長椅子に座って、たくさんの美女を侍らせてみたい！』

まさか長年の夢が、女になってから叶うとはな！

「ハーッハッハッハ！　ハーッハッハッハ！」

わたしは組んだ足をバタつかせて狂喜するのであった。

「わ、ちょう楽しそう」

「どう？　どう？　千秋ちゃんの心、慰められた～？」

わたしの左隣から、女生徒が顔を覗き込んでくる。

「ああっ、とってもな！　ありがとうみんな！　わたしはいま！　全力で高校生活を満喫しているぞッ！」

「ったく……昔っから、す～ぐそうやって調子に乗るんだから」

メイは、わたしのすぐ右隣で呆れている。

　彼女は、なぜか緊張した面持ちになって、

「と、ところで千秋？　こういうときって、あたしの肩に腕を回すもんじゃないの？」

「……それはさすがに恥ずかしい」

「ぷっ、そこでヘタれるのがあんたよねぇ～」

　クスクスと悪戯っぽく笑うメイ。

　こんな間近で笑顔を向けられると、ちょっとドキッとしてしまう。

「それで？　夢だった女子高生ハーレムを実現してみて、どう？」

「超楽しいが？」

「……あんた、悪びれもしないわよね」

「フッ、負い目などないからな」

　なんてメイと仲良くお話ししていると。

　ふと気づく。

「………………八隅くん？」

　氷点下のオーラをまとった楓サマが、強者の歩みで近づいてくる。

「おおっと……」

　男だった頃の八隅千秋なら、ここですみやかに警戒ないし防御体勢を取ることができただろう。

やべえ、なんか知らんが楓のやつメッチャ怒っているぞ、と。

怒りのあまり髪の毛がちょっと逆立っているぞ、と。

実際、メイはビクビクッと肩を跳ねさせ、

「か、楓……？」

と、怯みまくっている。

しかし——女になって、楓が『千秋お姉ちゃん』に甘くなって。

すっかり平和ボケしていたわたしは、能天気にも、こう声をかけたのである。

「おうっ！　どうした楓っ♪　そんなおっかない顔をして——あっ、そうか、なるほどぉ〜？」

『楓がやってきた理由』を誤解したわたしは、ぱんぱん、と太ももを叩き、

「ほらっ、千秋お姉ちゃんの膝が空いているぞっ！　抱っこしてやろう！」

言った瞬間、去年の楓なら、前蹴りを顔面にぶち込んできただろう。

ズドンとものすごい音がして、スーパーイケメンフェイスが台無しになっていたことだろう。

しかし今日の楓は、そうはせず……。

「えっ？」

すっ……と、スマートにわたしを抱き上げた。

まるで、お姫様をさらう魔王のように。

「えっ？　えっ？　えっ？」

戸惑いの声を上げるわたしは、なすがままに運ばれていく。

楓（かえで）はわたしを抱き上げたまま、千秋（ちあき）姫ハーレムに向かって振り返り、

「皆さん、もうホームルームが始まります。遊びはこのあたりで切り上げましょう」

「はぁ～～～～～～～～～～い♡」

黄色い悲鳴の交じったお返事。

哀れ楽園を破壊されたわたしは、唯々（ただただ）……顔を熱くするばかりであった。

2章

「ま、まったく楓のやつめっ……！　どういうつもりなんだ……！」

「どういうつもりって……女の子になって女子高生ハーレムを楽しんでいる双子の兄を、見てらんなくなったんじゃないの？」

「だからって抱き上げることないだろ！　恥ずかしすぎて心臓が止まるかと思ったぞ！」

あ〜くそっ、思い出すだけで胸がドキドキする。

それを隠すように、わたしはメイへと愚痴を漏らすのであった。

いまは放課後。

わたしはメイに連れられ、おしゃれなカフェで彼女と向き合い座っている。

「ってか、千秋ぃ？　いつまで怒ってるのよ――いまは！　女友達であるあたしと！　ふたりきりで！　楽し〜く遊んでいるところなんだから！　……楓の話はいーでしょ」

「むぅ……まぁ、せっかく遊びに来たわけだしな。ひとまず忘れるか」

「そうしなさい。ほら、もうすぐ『頼んだもの』が来るわよ」

「いったい何を頼んだんだ？」

メイが訳知り顔で、わたしのぶんまで勝手に注文してしまったので、まだメニューすら確認できていないのだ。

さっきから何度聞いても、メイは色っぽく人差し指を唇に当てて、

「秘密。来ればわかるわ」

この回答ばかり。

「期待させてくれるじゃないか。なんだかわくわくしてきたぞ！」

女友達と初めてのお茶会。

期待に目を輝かせるわたしの前に、「お待たせしました」と運ばれてきたものは……

……なんだったと思う？

答えは、一杯のクリームソーダだ。

たくさんのフルーツが盛られていて、ビッグサイズで、とっても写真映えする高級スイーツの佇まい。

それだけ見れば、なるほどメイが強くおすすめするだけのことはあるなと感心しただろう。

だが、

「んっ？　……えっ？」

わたしは首をかしげて困惑した。

何故って、ふたりいるのに一杯しかないし。

ハートの形をした二股のストローが刺さっているからだ。

意味がわからんので、助けを求めるようにメイを見る。

すると彼女は、はしゃいだ声で、

「あっ、きたきたぁ♡　おいしそぉ～♪　──さ、千秋、飲みましょっか？」

「いや……」

飲みましょっかって。

「なに？　これは？」

「スペシャルクリームソーダよ」

「それはわかる。なんで一杯しかないの？」

「ふたりで飲むものだもの。ほら、このハートのストローで、ちゅ～ってね」

当たり前でしょ？　みたいな態度で、ストローを吸うジェスチャーをするメイ。

うん……？　これ、わたしがおかしいのか……？

いやっ、そんなわけが……。

わたしがメニューに手を伸ばすと、メイの手が鞭のような速度でそれを奪い去る。

「おい、あらためてメニューを確認してみたいんだが」

「なにを確認するってのよ」

「商品名とか、説明とか」

「必要ないでしょ。今日はあたしのおごりで、あたしのおすすめを頼むって言ったじゃない」

メイはメニューを後ろ手に隠し、わたしに見せようとしない。

仕方なく、胸に渦巻く疑問を言葉で伝えることにした。

「これ、ラブラブカップルがふたり仲良く飲むやつじゃないの？」

「違う違う――仲の良い女の子同士で飲むやつよ」

「これを？　友達同士で？　一緒に吸うの？」

「そうそう。女の子同士なら、普通にやることだから」

きょろきょろと周囲を見回すも、我々と同じ商品を頼んでいる客は見当たらない。

真偽を確認するすべは、なさそうであった。

「う……むぅ……それが本当なのだとしたら……かなりの違和感があるな」

「女の子の気持ちがわからないのは、そりゃそうでしょ。だって千秋、男じゃない」

「女だが？」

「心の話。女の子同士って、男の子同士よりもずう～っと、気安くスキンシップをするものなの」

メイは、単語をひとつずつ区切るように言う。

「だから、これは、おかしくないの」

「本当に？　……そういうもんなの？」

「そういうものなのよ。あたしと楓だって、いつもハグしたりしてるじゃない？」

「……い、言われてみれば」

メイ以外の女子がやってるの、見たことないけど。

誰よりも信頼する幼馴染であり、超ベテラン女の子であり、わたしの『女の子としての師匠』でもあるメイの言葉だ。

めちゃくちゃ納得しにくいが……そういうものなのかもしれなかった。

「というわけで──女の子同士！　友達同士！　仲良く飲みましょう、千秋！」

「……ぐいぐい来るな」

男だった頃よりも、距離が近い気がする。

わたしは迫るメイの顔とクリームソーダを交互に眺め……想像してみる。

メイのお誘いに乗った場合の未来をだ。


「じゃあ、えっと……飲む？」

「せーので、ね」

ふたりでストローに口を付ける。二股になっている部分は思いのほか短くて、ふたりで飲もうとすると顔がものすごく近くなる。

「いくわよ千秋……せーの」

「……んっ」

ちゅ、と、ストローを吸う。

ジュースが管を通り、口元まで、ゆっくりと……ゆっくりと、運ばれてくる。

やがてようやく……舌に甘い味が広がっていく。

すぐ目の前には、微笑むメイの顔があって……。

奇妙なくすぐったさが、わたしの顔を熱くしていく。

「…………………」

ふと、メイがストローから口を離し、ぺろりと唇を舐める。

それから照れ臭そうに、ぼそっと、

「これさ、ちょっと……キスみたいじゃない？」


「よし！　やめておこう！」

全力で首を横に振った。きっとわたしの顔は、真っ赤になっていることだろう。

「なんでよっ！」

脳内のおまえが、めっちゃエロいコトを言い出したからだよ！

とは言えないので、わたしはやや濁して伝えることにした。

もじもじ身を竦ませながら、

「だ、だって……至近距離で同じストローに口を付けるとか、恥ずかしすぎるし……」

「恥じらう乙女かーっ！　いや……ガード固すぎない？　貞操観念高すぎない？　あんた元男

よね？」

「そうだが？　超イケメンかつ、内面も男の中の男だったが？」

「その異様に高い自己評価はさておき、いまのリアクションとかまじありえなくない〜？？？ここは普通、大喜びするところでしょ。こぉーんな美人の幼馴染と、一緒にハートストローを咥えて『疑似ちゅー』できるとか、役得だぁーって」

「……いま『疑似ちゅー』って言った？」

「言ったけど？」

「コッ、この嘘つきめ！　やっぱりえろい行為だったんじゃないか！」

わたしの想像、あんまり間違ってなかったよ！

「は〜？　人聞き悪っるぅ〜、千秋をときめかせてあげようって親切心からの行動じゃない」

「だからってな……もう少し自分を大切にだな……」

「ぷぷーっ、大げさよ。女友達同士でだってこのくらいやる——ってのは、別に嘘じゃないし？　むしろうちのクラスでは、『カップルごっこ』的な遊び、ちょっと流行ってるくらいだし？」

　ほらっとメイは、スマホでクラスメイトたちのSNSを見せてくる。

　そこには女友達同士で肩を組んで歌ったり、笑顔で頰と頰をくっつけてピースサインをしたり、無防備なパジャマ姿でイチャイチャしたり……わたしの脳内がピンク色の妄想で染まるよーな写真が、大量に投下されていたのである。

「か、『カップルごっこ』だとぉ……」

なんだ……その……えろえろな遊びは………。

「ふぇぇ……イマドキの女子高生、異次元すぎるよぉ……」

「ま～た清らかな乙女みたいなポーズしてるし」

清らかな乙女だもん。つーか性転換した直後の♂はみんなそーだろ。

両手で頬を触るという少女マンガっぽい仕草で恥じらっていると、メイはおもむろに身を乗り出して顔を近づけてきた。

「千秋（ちあき）、あんたさぁ……もしかして」

「な、なんだよ」

ドキッとしちゃうだろ。

メイの美貌に気圧（けお）されているわたしに、彼女は言った。

「実は、めっちゃくちゃ……奥手？」

「…………………………………………」

フリーズするわたし。

メイの指摘が見当違いだったから――ではない。

図星だったから――でも、ない。

なにやら言葉にはできぬ想いが、わたしの全身を震わせていた。

「わっ、わ、わたしが、奥手……？　この……わたしが？」

「うん、絶対そう」

「なんで、そう、思う？」

「だってあんた、『新しい恋を探す』――とか、『積極的に恋愛をする』――とか、すっごい意気込んでいるわりに、イマイチ行動が伴ってないじゃない？」

「がっ……！」

頭をバットで殴られたような衝撃が、わたしの精神を揺るがした。

「にゅ、入学式で大々的に宣言したじゃないか！　クラスでの自己紹介だって……！」

「そーね。――で、なんかしたの？　恋をするために、自分から」

「みんなに協力して欲しいってお願いしたり……いまこうしているのだって、メイの誘いに乗ったからで……」

「全部受け身じゃない」

「ぐぅっ……！」

「女の子とのスキンシップに超敏感で、自分からはじめたハーレムごっこの最中ですらヘタれるじゃない。女友達同士で普通にやることすら、恥ずかしがるじゃない」

「うぐぅっ……うぅぅうっ……！」

いま、わたしの頭上には、オーバーキルの表記がポップアップしているかもしれない。

容赦のないメイは、さらに追撃を重ねてくる。

「よく考えてみると千秋って……十五年間ずーっと彼女ができなかった非モテよね」

「それはおまえのせいだろうが！」

さすがにこの言い草には、千秋ちゃん怒ったぞ。

メイこそが、わたしの恋愛成就をずーっと邪魔していた元凶だったくせに！

「あんたが非モテで恋愛経験ゼロなのは事実でしょ？」

「…………………………」

わたしは真っ赤な顔で口元を引き結び、メイを涙目で睨むしかなかったのである。

たっぷり数分も黙り込んでから、ようやくわたしは口を開く。

「ハ！　ハ！　ハッ……フハハハ！　お……おまえの言う通りだっ！　わたしは十五年間、一度だって恋人ができたことがない――恋に恋する非モテだとも！」

全力で開き直った。

涙の粒を飛ばしながらな！

「不覚にも自覚していなかったがなぁ！　認めよう！　恋に積極的になると大々的に宣言して

おいて、ずーっと受け身の情けないヤツ！　それがわたしだ！」

　ヤケクソ気味に言った。

「だからなんだというんだばかぁ！」


「そんなあんたのこと、前より好きよ」


「な、なに……？」

　目をぱちくりとするわたしの鼻を、メイはちょんと指でつつく。

「あ～あ、いますぐ男に戻ってくれたら——あたし、惚れちゃうかもしれないのにな～♪」

　くすくすっ、と、からかうように笑う。

　もちろん本気にするわけがない。ないが……。

「……………戻る……つもりは、ない」

　言葉を、かみしめるように、はき出す。

　大きく心を乱されていたから。

　自覚したくなかった情けない自分をさらけ出された直後で、精神がもろくなっていたから。

　不覚にも……ドキドキと胸が高鳴っていて。

「わ、わたしを……からかうなよ、メイ」

悔しかったからだ。

「あっそ。ざんねーん♡」

ド派手な美貌の幼馴染(おさななじみ)は、ひとりでクリームソーダを飲んでいた。

メイと別れ、ぶらぶらと帰途につく。

風邪で微熱が出ているときのような、気だるげな気分でだ。

「ううう……ううう……くそっ、メイのやつめ……」

わたしの幽(かす)かな恋心に、気付いているわけではないのだろうが……。

弄ばれた、という屈辱的な感覚がぬぐえない。

怒り半分、ドキドキ半分の道すがら、

「八隅(やすみ)くん」

と、声を掛けられた。

わたしを感情のこもらぬ口調で呼ぶのはもちろん、

「楓(かえで)」

可愛(かわい)い可愛(かわい)い、我が妹である。

制服姿のままなところを見ると、今日はまだ一度も帰宅していないようだ。

「帰るの遅くないか？」

「見てわからないんですか？」

と、楓は、片手に持った買い物袋を見せてくる。

ああ……そういえば、食事当番はずっと楓が担当しているのだっけな。

「ふん……買い物くらい、わたしに頼めばいいものを。……ってか珍しいな、おまえが外でわたしに声をかけてくるなど」

去年の妹なら、外でウルトラカッコいいお兄ちゃん（わたし）を見かけても、すぃーっと無視して通り過ぎていただろうから。

しかしいまの楓はといえば、そんな薄情なことはせず、冷淡な口調ながらも……。

「一緒に帰りましょう」

「あ、あぁ……」

さすがに動揺するわ。

「なんだ珍しい。千秋お姉ちゃんに甘えたくなったの？」

「ばかじゃないですか？」

お、ちょっといつもの調子に戻ったな。

などと一瞬安心したのも束の間、楓は片手をこちらに差し出して、

「ほら、手」

などと言う。わたしは、きょとんと問い返す。

「手、って？」

「つないで歩くに決まっているでしょう？」

「は⁉」

ほんとにどうした⁉

わたし、いつの間にか世界線を越えて、パラレルワールドに迷い込んでいたのだろうか……？

「なんですか、その顔は。ふん……どうせまた、くだらないことを考えているんでしょうが……」

違いますからね——と、楓は念を押すように言う。

「きみ、身体、まだ上手く動かせなくて……よく転ぶじゃないですか。いまだって、そんな千鳥足で……あぶなっかしい」

だから、ほらっ、と。

楓から差し出された手が、揺れる。

わたしは、ぽかんとその手を見つめ、やがて……そっと自分の手を絡ませた。

「…………」

意味深な沈黙がしばらく続き、楓がふいっと前を向く。

「早くいきましょう。こんなところ、誰かに見られたくはないので」

「……うん」

わたしは従順にうなずいて、うつむいたまま手を引かれていった。

八隅千秋らしくない、弱々しい反応じゃないかって？

理由くらい言ったらどうだって？

ふん、悪いが言いたくないな。

言いたくないったら言いたくない！

わたしたちは手をつないだまま、しばらく歩く。

どちらも無言で。

なんだか妙に苦しくて、やたらとのどが渇く。

うつむいたままのわたしは、楓の持つ買い物袋を横目で見て、

「……なにを買ったんだ？」

「カレーの食材ですけど？」

「重いだろ……わたしが持つ」

「結構です」

にべもなく断られる。それから楓は、はぁ……とため息をついて、

「荷物を持ってもらえるくらいなら、こうして手なんかつないであげていませんよ」

自分が情けなくて、油断すると涙が出そうになるのが、また余計に情けなくて。

『男に戻りたい』という想いがよぎったのは、女になってからはじめてだった。

消沈したわたしの声を、楓はどう判断したのか、ふとその場で足を止めた。

「夕子姉さんから聞きましたか？　私の力が強くなってる……って話」

「聞いた、けど……もう元に戻ったって」

「まだ残ってるみたいです、すこしだけ」

ひょいっと片手で、重そうな買い物袋を上げ下げして見せる。

「買い物には、便利です」

「……気を遣ったつもりか？」

「いいえ、べつに。むしろ愚痴ですね、これのせいで部活に入れないわけですし。理由を話せないせいで、スカウトを断るのも一苦労。放課後まで追いかけられて……おかげで帰るのが遅くなってしまいました」

久しぶりかもしれない。

平静な楓と、いつもどおり冷淡な妹と。

こんなに長く話したのは。

しかも、手をつなぎながら。

「……あ、そ」

『異常事態に遭遇中の楓(かえで)』とは、さんざん怒鳴り合ったりしたのだがな。

あらためて……本当にあらためて……奇妙な状況だよ、まったく。

「そういえば、八隅(やすみ)くん」

楓(かえで)はつないだ手を、ぎゅっと握り込んで、

「メイと、なにを話してきたんですか？」

氷の杭(くい)が、心臓に打ち込まれた。

そうとしか例えられない、ひやりとした衝撃が胸を貫く。

「な、なにって……」

「ふたりきりで、遊びにいって来たんでしょう？」

なんだ？　なんだ!?

このっ……わけのわからない罪の意識は！

わたし、なんっにも後ろめたいことなんてしてないのに！

「別に……たいした話はしてないぞ」

誓って本当だ。

メイには『八隅千秋(やすみちあき)が非モテである』という事実をわからされただけである。

だというのに、楓はまったく納得しない。

「話の具体的な内容は？」

ぎゅっ、と、彼女の指がわたしの手に食い込んでくる。

「なんでそんなに追及してくんの⁉」

好きな人に強く手を握られたりしたら、ドキドキしちゃうんだが⁉

わたしの問いに……楓は、わたしの目元を、指でそっと拭う。

「泣いた跡が、見えたので」

「――――」

ぐぬぬ……きゅんきゅんさせてきおって……！

楓は、怒りを込めて言う。

「理由を聞いて、場合によっては……メイと喧嘩をしてきます」

「さっ……さてはおまえ、とんでもない誤解をしているな⁉　違うからな⁉」

「なら、どう違うのか教えてください。その涙の理由は、なんですか？」

これが去年の楓と、いまの楓の違いだろう。

女の子には超優しいやつなのだ。

そこに『元初恋の相手だから』という理由がまじっているのかどうか。

それは定かではないけれど。

「――というわけで、ほんのちょっぴりメイに泣かされただけだ」

「なんだ、そういうこと……でしたか」

『非モテを自覚させられただけだよ』と、渋々事情を説明すると、楓は安心したように息をはく。

親友と喧嘩をせずにすんで、ホッとしているのだろう。

メイのやつに、妙に色っぽい感じでからかわれてドキドキした件は黙っておこう！

めちゃくちゃ説明したくないし。

わたしは、うむっと頷いて、

「つまり――パーフェクトな存在であるこのわたし・八隅千秋、唯一の弱点が、恋愛だということだな！」

はっはっはっは！　と醜態を笑い飛ばす。

すると楓は、呆れたまなざしをこちらに向ける。

「唯一の弱点？　弱点だらけの間違いでしょう？　最近は特に」

「む……」

「気を付けてくださいね、男だった頃とは……違うんですから。色々と」

憎まれ口に、本気の心配が含まれていることがわかったから。

わたしは素直に頷いた。

「気を付けるよ」

「そうしてください。今日、メイに泣かされたのだって……きみの自業自得でもあるんですから」

微笑ましいきょうだいの会話。

その最中、楓は冷たい流し目で――

「まったく……私に告白しておいて、浮気をするなんて」

「浮気ってなに⁉」

「浮気でしょう？」

「付き合ってないし、恋愛感情だってお互いスデにありゃしないのに？？？」

「だとしても、たった数日で他の相手とふたりきりで出かけるなんて…………不誠実です。完全に有罪です」

わたしが悪いみたいに言ってくる。

なんなのこの女。

ぷくーっと頬を膨らませてさあ。

おまえ、そういうキャラじゃないだろ！

「ちなみに聞くけど、告白してから何日たてば浮気じゃないの？」

「……百年たてば、ぎりぎり浮気ではないと思います」

なんか壮大なこと言い出したなコイツ。

「……その理屈だと、わたしもおまえも、一生恋愛できないことにならん？」

「そうですね」

あっさり真顔で返事をしてくる。

「じっ、自分が一切恋愛する気ないからってぇ！　わたしは恋愛してみたいの！」

「したでしょう、この間、私に」

「ちゃんとお付き合いして！　恋人っぽいことをしたいんだよ～～～～～～！」

「恋人っぽいこと、とは？」

「そうだな、たとえば……」

わたしは思いついた考えを、何気なく口にする。

「手をつないで登下校する、とか」

「…………」

「…………」

……わかっている。

自分がとんでもない失言をしたことは。

わたしたちは気まずい沈黙の中、手をつないで下校する羽目になったのである。

あぁまったく、春だってのに暑い日だな！

その日の夜。

わたしは夕子(ゆうこ)姉さんの部屋に呼び出されていた。

「フハハハハハ！　さあ千秋(ちあき)！　今日の活動報告をしてもらおうか！」

「ふっ、別段報告するよーなことはないな！」

全身全霊でトボけるわたしであったが、目前のマッドサイエンティストは、ニヤニヤと笑みを浮かべるばかり。

「おやおやァ？　放課後、楓(かえで)とふたりして、真っ赤な顔で帰って来ておいてか？」

ビシッとわたしの顔を指さして、

「忘れているなら何度でも言ってやろう！　おまえたちの恋愛感情は、すべて把握しているのだ！」

「ぐぬぬ……」

あらためて最悪だなこの人！

「ふっ。というわけで千秋、報告よろ」

「……やむを得ん」

わたしは大人しく、わたしの身に起こった『恋愛感情を刺激されるような出来事』について、夕子姉さんに語って聞かせた。

クラスメイトたちに伝えた『楓に初恋をし、振られてしまった』というカバーストーリー。

朝の教室で、女子高生ハーレムを超楽しんだこと。

メイとデートをし、ハートストローでカップル用ドリンクを飲まされかけたこと。

メイに指摘され、『わたしは恋愛が大弱点である』という無自覚だった事実をわからされてしまったこと。からかわれてドキドキさせられたこと。

帰り道で楓と会って、手をつないだまま話したこと——などなど。

包み隠さずだ。

一度は恥ずかしさのあまりトボけようとしておいてナンだが、夕子姉さんの実験に協力すると約束しているのでな。

「ほうほう、なるほどな。フフッ、よくやったぞ千秋！　非常に興味深い結果だ！」

妹の恥ずかしい恋バナを聞いて、大喜びしている夕子姉さん。

「姉さん、いまの話でいったいなにがわかったというんだ？」

「色々だよ——たとえば、おまえがメイと一緒にドリンクを飲んでいちゃいちゃする妄想をしていたとき、どのくらい強くときめいていたのか——そういったことが数値でわかる」

「……なんというこっ恥ずかしい情報だ」

夕子姉さんは、ケケケと笑って、

「ことほどさように、千秋に『夕子ちゃんラブセンサー』を埋め込んでから——つまりおまえが女になってから以降の恋愛感情は、すべてワタシにモニターされているというわけだ。

……ウムウム、嫌そうな顔をしているな？　ようし、興が乗ってきたので、少しおさらいをしておこうか！」

『わたしが嫌そうな顔をしている』という理由で、興が乗ってきたと抜かしおる。

実に度し難い姉上である。

「千秋、おまえの初恋——あくまで女になってから以降の初恋だぞ——これは入学式の朝、楓を見た瞬間に発生している！」

メッチャもって回った言い方だが。

『わたしの初恋は夕子姉さんである』というのが、夕子姉さんの主張なので、こんな言い回しをしているのだろう。

「非常に強い感情のゆらぎだった。自覚はあるか？」

「……あるよ」

あらためて認めよう。

あの瞬間こそが、八隅千秋の初恋だったのだと。

「ふむっ……んでは、あの『感情の揺らぎ』を、改めて恋心だと仮定しよう。次に千秋の恋心が発生したのは、学校でメイと会話をしている最中だ。当時、どんな会話をしていたか覚えているか？」

「……たぶんアレだろうな」


――このあたしが、あんたに初恋を教えてあげるわ！


そう宣言されたあの瞬間。

わたしはメイに、幽かにときめいていた。

つまり……女になってから初めて会ったのが、楓ではなく、メイであったなら。

わたしの初恋は……メイだったのかもしれない？

「……うーん」

「どうした千秋、微妙そうな顔をしているな？」

「我ながら気が多いというか、惚れっぽいというか……自己嫌悪している」

「メイの台詞じゃないが、千秋おまえ……恋愛に潔癖だなぁ～～～～～～～～～」

呆れられてしまった。

「だって……楓が『浮気』とか言うし……。――と、というかだな！　なんで女になったとたん、わたしの心はそんなことになっているんだ！」

それまでま〜ったくときめいたことがなかったのに！

おかしいだろ！

「まあ、おまえ自身もそう思っているのだろうが……やっぱり女になったことが影響しているんじゃないか？」

「だよなあ！　どう考えても、それが発端だよなあ！」

『女の子になったら、女の子にときめくようになっちゃった』って、なんじゃそら！

我がことながら、まったく意味がわからん！

「フフフなんで嫌そうな顔しとるの？　恋をしてみたかったんだろう？　女の子にしてくれてありがとうって、お姉ちゃんに感謝するところでは？」

「美少女にしてくれてありがとう！」

わたしはもう一度、ヤケクソ気味に――かつてと同じ感謝を繰り返した。

「それはそれとして、妹に恋しちゃうのは困るんだ。惚れっぽすぎるのも困るんだ」

「千秋の恋愛状況をまとめると――千秋は楓のことがいまもちょー好きなままである。だけど妹とは恋愛したくなーい。なんとか『新しい恋』を見つけたいが――楓以外の女にときめくと罪悪感を覚えてしまう。プハハハ、なかなか面倒くさいやつだなー」

「ほんとだよ。まったくどうしたものか……」

「そんな前提を踏まえた上で、今日のリザルトだ！」

夕子姉さんは、上機嫌に握りこぶしを高く掲げる。

「おまえはメイとデートをし、やつへの恋愛感情をすこしばかり育むことができたようだ」

「どうしようもない罪悪感とともにな！」

「だが——このまま続けても、千秋のメイへの『ほのかな想い』は『新しい恋』と呼べるまでには発展せんだろな」

「なんで!?」

「ぷくく……自分でもわかっていることを聞くんじゃない」

「な、なんのことだか、ちっともわからんなぁ……？」

すっとぼけるわたしに、夕子姉さんは優越感たっぷりの笑みを向ける。

さながら獲物にトドメを刺す狩人のように、

「そうか？　じゃあ親切で可愛い夕子お姉ちゃんが代わりに言ってやろう。千秋の体内に埋め込まれた『夕子ちゃんラブセンサー』が計測したところによると、デートの帰り道——」

「おまえは楓に、メイの三〇〇〇倍くらいときめいていたぞ」

「ぐわああああああ〜〜〜〜ッ！」

頬を押さえた手が、燃えるようだ。言葉にされると恥ずかしくてしょうがない。

わたしは、その場で転げ回ってもだえ苦しむ。

「今日のデータを見る限りでは、千秋が他の女にときめくたび、楓がさっそうと現れて、おまえの情緒をグッチャグッチャにしているな」

「あ、アレをやられるたびに、わたしの恋心はリセットされているというのか……？」

愕然とするわたし。

ひどい！　楓のやつ、なんでそんなことするの？

浮気するなって——まさかアレ、本気の本気で言っていたわけ？？？

ときめくたびに罪悪感は募っていくし！

わたしは、目をキツくつむって床を叩く。

「これじゃあわたし、『新しい恋』なんてできないよ！」

「もうあきらめて、きょうだいで恋愛すれば？」

「イヤッ！　イヤッ！」

まるで可愛い幼女のように、大きな身振りで拒絶するわたし。

「夕子お姉ちゃん！　なんとかしてぇ！」

涙ながらに懇願すると、夕子姉さんは、それはもう嬉しそうに——

「おうっ！　この夕子お姉ちゃんに、すべて任せておくがいいぞ！」

ぺったんこな胸を叩いたのである。

夕子姉さんはわたしにとって、いつだって頼れるお姉ちゃんである。

いかに邪悪であろうと愉快犯の常連であろうと、それは決して変わらない。

わたしの中で、青いネコ型ロボットにさえ負けない信頼を勝ち得ている人なのだ。

そんな夕子姉さんであったが、自分のターンが始まるや否や、

「ヨシ千秋、お姉ちゃんに惚れてもいいぞ！」

無邪気な顔で理解不能なことを言い出した。

「……なんて？」

さすがのわたしも問い返したよ。

すると彼女は、しょうがない妹だなーという感じに腕を組んで、

「楓とは恋愛したくない。メイとは恋愛まで到達できない。そんな千秋のために、このワタシが一肌脱いでやろうじゃないか？　という愛情溢れる提案だが？」

「聞き間違いじゃなかったのか……なんでそうなるんだ。夕子姉さんと恋愛なんて、絶対にありえないだろ」

「でもおまえ、夕子お姉ちゃんのこと大好きじゃん」

「超大好きだけど恋しているわけじゃない！」

「千秋の初恋、夕子お姉ちゃんじゃん」

「それは覚えてないし」

「ワタシは覚えているぞ。幼くきゃわわな千秋が目をきらきら輝かせて、『お姉ちゃんと結婚する』とプロポーズをしてくれた日のことをな！」

「だからそんな昔のコトは知らん！　何度も言っているだろ！　わたしは！　きょうだいで！　恋愛なんか！　したくないんだってば！」

「だからそれは、楓が嫌がるからだろう？」

姉さんは言った。にっこ～と、満面の笑みで己の顔を指さして、

「ワタシは嫌がってないが？」

「っ……」

「おまえの潔癖な罪悪感なんか、どーにでもしてやれる算段がいくらでもあるが～？」

妙な迫力に、気圧される。

決して……決して、ときめいたわけではない！

「姉さんはわたしと恋愛……したいのか？」

「してやってもいいぞ！　トクベツになっ！」

笑顔で即答。

「こ、この前は『彼女になってやるつもりはないんだからな』みたいなコトを……」

「ちょっぴり気が変わったのだ！　面白そうだから！」

それこそが八隅夕子の行動原理。

彼女はいつだって、それに自身の才能をすべて注ぎ込む。

神様みたいに生命の神秘をいじくり回して遊びたい。

自分勝手に性転換させて恋愛模様を観察したい。

なぜならとっても面白そうだから。

夕子姉さんは、いつだって——それだけで生きているのだ。

「おまえたちの恋愛模様を俯瞰しているだけで、あれほど愉快に笑えたんだ——今度はぜひとも、自分自身で体験してみたいのだ！」

「だからって！　どうしてわたしが相手なんだよ！」

「うむっ、それがどーもよくわからん」

「わからんって……」

夕子姉さんにしては、珍しい台詞だ。

「んふふ、知性溢れるお姉ちゃんらしくないだろう？　ワタシもそう思う。おまえたちに幸せになって欲しくて……おまえに恋愛をさせてやりたくって、この実験を始めたはずなのにな？」

夕子姉さんは、はてな？　と、首をひねっている。

「ワタシ、なーんで急におまえと恋愛したくなったんだろか」

「……知るかそんなこと」

「おまえ、大好きなお姉ちゃんに惚れ薬でも盛った？」

「盛ってない！」

「ほんとにぃ～？」

にやにやしてくる顔が、なんとも腹立たしい。

絶対に！　この人にだけはときめくことなどない！　という確信があるぞ。

「さ、千秋が納得したところで……恋愛実験の準備をするぞ」

「別に納得してないが、抵抗しても無駄だろうし早くやろう」

「ふーむ、なーんかリアクションがイマイチだな。愛するお姉ちゃんとのイケナイ実験がはじまろうというのに、楓に迫られたときみたいな感じにならんの？」

「ならないからイヤだと言っているのだが？　さっきからずーっと」

「ククク……お姉ちゃんにそんな塩対応ができるのも今日限りよ」

そううそぶきつつ、夕子姉さんはおもむろに部屋の隅に移動し、緑色に塗られた機械を、両手で抱えて持ってくる。ちょうどバスケットボールくらいの大きさだ。

「よっこらしょっと……フゥ」

タコのおもちゃのように見えるが……はたして。

「なにそれ？」

「『夕子ちゃんラブセンサー』の受信機弐号だ」

謎発明品きたなこれ。

マンガとかで科学者キャラが出してくるアレと同じようなもんだろう。

だが、ひとつだけ断言できることがある。

夕子姉さんの出してくるアイテムは、絶対ろくなもんじゃあない。

「ようし、スイッチオン！」

夕子姉さんがタコの頭をひっぱたくと、ヴン！　と、ライトセーバーのような起動音とともにタコの目が赤く光り始めた。

「この状態でぇ――」

ぴたり、と、わたしの頬に姉さんの掌が触れる。

つめたい。

夕子姉さんは、そのままわたしの頬をさすりながら、

「恋愛感情を刺激するような行為をしてみると、だなぁ」

ぴーっ、ぴーっ、ぴーっ。

受信機弐号とやらが、気の抜けた音を鳴らしながら、触手(メタルアーム)をびたんびたん動かし始めた。

「フフフ……センサーが恋愛感情を検知次第、このよーに音と動きで反応するわけだ」

おお……まさしく恋愛実験。

動きがめっちゃ気持ち悪いけども。

これ、なかなか使えるアイテムなのでは？

わくわくしてきたわたしであったが、ひとつ大きな疑問がある。

「なぁ姉さん、いま、タコがはげしく反応したってコトは……？」

「つまりそういうコトだな。フッ、千秋(ちあき)ぃ～？　口では冷たいことを言っておいてぇ、さっそくお姉ちゃんにときめいているじゃないかっ！」

このシスコンめっ！　と、バシバシ叩(たた)いてくる。

叩(たた)かれているわたしの表情は、完全なる〝無〟。

「イヤまったくときめいてないぞ」

「でもセンサー反応しとるよ？」

夕子(ゆうこ)姉さんはそう言いながら、今度は、わたしの顎を指でくすぐるようにする。

受信機弐号を見れば、タコは相も変わらずピーピー音を鳴らしながら不思議なダンスを踊っている。ときめきを感知しました！　と言わんばかりにだ。

「故障じゃないのか？」

「あり得んな。さっき、ちゃんと点検したばかりだもん」

「じゃあ……」

わたしはしばし考え、

「わたしじゃなくて、姉さんがときめいてるんじゃないか？」

「なにぃ⁉」

その発想はなかった！　そう衝撃を受けているのがアリアリとわかる反応。

わたしは根拠を述べていく。

「だって『恋愛実験』というからには、被験者全員――つまり姉さんにも、わたしと同じセンサーが埋め込まれているんじゃないか？」

じゃないと、ひとりぶんしか計測できないじゃん。

そんなもったいないことを、八隅夕子（やすみゆうこ）がするわけがない。

ついでにいうと、自分自身を実験体にしないわけもない。

だからこそ彼女は、マッドサイエンティストなのだから。

「そ、それは……そうだが。ば、ばかな……ワタシが、ときめいているなどと……」

姉さんは慌てた様子で受信機弐号へと駆け寄り、計器類をチェックする。

きっと『わたしと夕子姉さんのどちらが、どのくらい恋愛感情を抱いたのか』——確認できるようになっているのだろう。

しかし姉さんは、計測結果を教えてはくれず、こちらを振り向いてこう言った。

「ちょ、ちょっぴり感度設定が高すぎたようだなっ！」

「そんなんあるのか」

「あるのだ！　いいかぁ、こうして……感度を低めに調整して……これでよし」

鳴り響く音が止まった。

夕子姉さんは、黙り込んだタコを見て、うむうむ、と、ひとりで納得している。

それから、こちらを振り返り、

「ってな感じで、受信機弐号の説明は以上だっ！　続いてはっ、と」

夕子姉さんは扉を開け、部屋の外へと出ていく。

でもって首を左右に動かし、きょろきょろと廊下を見回している。

「姉さん、なにやってるんだ？」

「部屋のそばに、楓がいないかどうか確認していた」

「なんで？」

「そりゃあ〜、千秋はこれからお姉ちゃんとイケナイ実験をして、ちょードキドキときめくことになるのだ。いいところで楓に邪魔されてはかなわんだろう」

わたしが誰かにときめくたび、なぜか楓が現れて恋心をリセットしてくる。

夕子姉さんはそれを警戒しているらしい。

今回も同じことになるのでは、と。

「……自信満々じゃないか」

「クックック……ワタシを誰だと思っている？」

扉を閉めた夕子姉さんは、気を取り直したように胸を張って、

「さぁ千秋、恋愛実験をはじめるぞ！」

「なにをすればいいんだ？」

さっきとはうって変わって、テンションを上げて指示を待つわたし。

姉さんにときめくとは思えんが、試み自体は面白そうである。

夕子姉さんは言う。

「ワタシとおまえで、順番に『恋愛感情を刺激するようなこと』をしていくのだ。さらにひとつ特殊ルールを追加しよう」

「特殊ルール？」

「『相手がやった行為より、必ずちょっぴりえっちな行為をする』というものだ。ふふ、えろと恋愛には密接な関係があるからな」

夕子姉さんがマセガキみたいな顔で頬を赤らめると。

ぴぴ、と、短く音が鳴った。

感度下げたんじゃないの？　聞き間違いかな？　千秋にはまだ早かったかなぁ？」

「どうだぁ？　アダルトなゲームすぎて、千秋にはまだ早かったかなぁ？」

実姉とアダルトなゲームをするのは、なかなかハードな体験だ。

しかし断っても無駄だろうし、勝負を挑まれて逃げるのも好かん。

「ふん、侮るなよ——受けて立とう！」

「よくぞ言った！　よ～っし、先にセンサーが反応した方が負けな！　ワタシ先行～♪」

というわけで。

初手は夕子姉さんのターン。

「フッ、千秋、一度くらいは耐えてくれよぉ～？　すぐにゲームが終わってしまっては興ざめだからなぁ～」

両手をわきわきさせて近寄ってくる夕子姉さん。

「さぁ、しばし目をつむるがいい……お姉ちゃんが、子供には想像もできんよーな、ちょーえろいことをしてやろう……」

言われたとおりに目をつむり、なにをされるのかと身を固くしたわたしだったが——

ぽん、と、頭に手が触れる感触。

続いて、そのまま優しく撫でられているような……。

目をつむったまま、問う。

「……なぁ、姉さん。いったいなにをやっているんだ？」

「おまえの頭をよしよしなでなでしている。ふふふ……えっちな気分になってきたんじゃないか？　ときめいてきたんじゃないかぁ～？」

「いや、ぜんぜん」

我らのときめきを検知するという受信機弐号は、完全なる無音。

低刺激にもほどがある行為であった。

「ぐぬぅっ、千秋め……この程度のえっちな行為では、まったく反応しないというのか……？　そ、そういえば、おまえは超えっちな電子書籍を集めているけしからんやつだった……」

「その件は忘れてくれ」

頭なでなで行為よりも、よっぽどドキッとしたぞ。

「じゃあ、次はわたしの番だな」

ぱちり、と目を開ける。

目前には、やや怯んだ様子の夕子姉さん。

「ぐ……千秋……そう簡単には負けんぞっ！　たとえ、えっちな電子書籍で学んだ名状しがたいアレコレをこの身に受けようともだっ！」

「するか！　そんなこと！」

気まず過ぎるわ。

「じゃ、じゃあ……このワタシに、どんなえっちなコトをするつもりだ？」

「ちょっとした道具を使う」

「道具⁉　ちっ、千秋おまえ、お姉ちゃんに、そんな……想像を絶する変態だな……！」

なにを想像しているんだ、この人。

わたしは絶対に人聞きの悪い内容であろう誤解を払拭すべく、机の上からとあるアイテムを手に取った。

カフェでお土産にもらった、新品のハートストローだ。

今日の出来事を姉さんに報告するにあたって、部屋まで持ってきていたのであった。

「使うのはこれだ。さっき報告しただろう、わたしの恋愛感情を強く刺激した前例がある行為だ」

密閉されたビニール袋からストローを取り出し、姉さんに向かって差し出した。

「実験の価値があると思わないか？」

「ま、まさか……一緒に飲め、というのか？　ドリンクを……ラブラブカップルのように？」

「そうだ」

「ち、千秋とワタシで？」

ほわわわわ……と、はげしく狼狽える夕子姉さん。

ぴーっ、ぴーっ、ぴーっ、ぴーっ。

「おい、始める前から鳴ってるぞ！」

「おまえが急にえっっっっっろい行為をお姉ちゃんに強要するからだろが！」

「女の子はこのくらいみんなやってるって、メイが言ってたし」

「うっそだろぉ！」

「『カップルごっこ』っていうらしい。証拠写真も見せられた」

「ぐぬぅ、ぐぬぬぅ……最近の女子高生めぇ……あり得んだろ。どうなっとるのだ、貞操観念」

ぴーっ、ぴーっ、ぴーっ、ぴーっ。

うねうねうねうね……びたんびたんびたんっ（触手がうごめく音）。

「なぁ……もうわたしの勝ちでいいんじゃないかコレ？」

「うっさいわ！　フッ、受信機の調子が悪いようだな！　調整するからちょっと待ってろ！」

故障はあり得ないんじゃなかったのか。

機材に駆け寄り、ツマミをぐいっと大胆に回す夕子姉さん。

その操作は素人目にも、『めちゃくちゃ感度を下げたんだな』と丸わかりのものであった。

――五分後。

折り畳みテーブルを挟んで向かい合う、わたしと夕子姉さんの姿があった。

テーブルの上には、ハートストローの刺さった柑橘系フルーツジュース。

「さ、さ、さぁ～千秋っ、一緒に飲むぞっ！」

据わった目でいきり立つ姉さん。

一方わたしは、ローテンション気味に、

「……自分で言いだしておいてなんだが、やっぱりやめない？　きょうだいでカップルの真似事とか正気じゃないだろ」

「いまさら何を言うのだ！　ワタシにここまで覚悟を決めさせておいて！」

「冷静になったら『いったいわたしは、何をやってるんだろう……？』という切ない気持ちが募ってきた」

「ハ！　その台詞は数分前に口にするべきだったな！」

もう遅い！　と、ストローに口を付ける夕子姉さん。

そのままストローを指さして、

「ん！」

と、行為を促してくる。

わたしが嫌そうに見ていると、さらに追加で「ん！」と、やってくる。

「はぁ…………」

自分で蒔いた種を刈り取るとするか。

わたしはため息をひとつしてから、ハートストローに口を付ける。

とたんに姉さんの顔が赤くなっていく。

「千秋……これ、顔、ちょー近くないか？　めっちゃ恥ずかしいんだが」

「さっきそう報告しただろ。めちゃくちゃ恥ずかしかったって」

妄想の話だけども。

夕子姉さんの顔が、吐息がかかる距離で涙目になっている。

「ふぁ……これもう、ちゅーしてるのと同じじゃん……実質性交じゃん……えろすぎるわ……」

「わかったならやめよう、な？」

「ククク……それはできんな。なぜなら……ほうら、センサーが反応をはじめたぞ？」

夕子姉さんが言ったとおり、再び、ぴーぴーと音が鳴り始めた。

恋愛感情が検知されたのだ。

しかも、段々と音と動きが激しくなっていく。タコがブレイクダンスを踊っている。

そんな状況下で――

夕子姉さんは、真っ赤になったまま、ぷくくと嗤う。

「うーわ、こいつお姉ちゃんとちゅーしてときめいとる」

「ひっぱたいていい？」

「なんでキレとるの⁉」

「カケラもときめいてないからだよ！」

「でもセンサー反応しとるよ？」

「さっき同じやり取りしたよね！」

ジュースを飲みながら、ぎゃーぎゃーとやり合うわたしたち。

その最中、ドンッという鈍い音が、掃き出し窓の方から聞こえた。

「……ン？」

「なんだっ？」

わたしと夕子姉さんが、同時に音へと振り向くと、そこには——

掃き出し窓にぴったりと張り付きこちらを睨む、楓の姿が。


「ブ～～～～～～ッ！」

わたしたち姉妹は、哀れお互いの顔にジュースを噴き出すのであった。

「ゲホッ！　ゲホゲホッ……！」

「な、な、な……」

激しくむせ、ジュースまみれになった顔を拭う余裕すらなく、戦慄するわたしたち。

余程のことでもない限り狼狽えないのが我らだが——

こんなん余程のことだよバカもの！

「か、楓ッ——」

「……おまえ、なにやっとるの？」

夕子姉さんの呆然とした問いは、どうやら窓の向こう側まで届かぬらしく、楓は依然として変わらぬ厳しいまなざしで、こちらを睨みつけている。

両の掌をぴったりと窓にくっつけて、ギリギリと力を込めているように見えた。

「「怖……」」

わたしと夕子姉さんの意見は完全に一致していたが。

やがて楓の唇が、わかりやすく——こう動いた。

「あ・け・ろ」

「ひぃぃ……！」

哀れわたしたちは、末っ子のプレッシャーに屈する運びとなったのである。

震える手で窓のカギを開ける姉さん。

がらがらと窓が開かれ、ぬっ……と、楓が室内に入ってくる。

彼女はわたしたちを見回すや、口を開く。

「なにを……していたんですか？」

「それは……こっちの台詞なんだが」

めっちゃビビりながら問う姉さん。

一方の楓は、鬼気迫る雰囲気のままで説明を始める。

「姉さんが、八隅くんとふたりきりで部屋に閉じこもっているようなので……いかがわしい実験でもしているんじゃないか、と。扉の前まで、様子をうかがいにいったんです」

さっきはいなかったのに……。

タイミングの問題で無意味になったが、『楓が邪魔しにくるかも』という夕子姉さんの警戒は的中していたようだ。

「そうしたら……中から変な音が鳴り始めて、外から呼んでも扉を叩いても一向に反応がないので……」

あぁ……タコがやかましく暴れていたからな。

つい数秒前、楓が場の空気を凍結させる寸前まで、ピーピーバタバタうごめいていたからな。

外からの音など気付けるはずもない。

楓は、夕子姉さんを見下ろして、

「そういうわけで、念のため見にきただけです」

「イヤここ二階……」

「下から登りました」

「は？？？　どうやって？？？」

我が家の構造上、隣室のベランダから――という線もない。

楓の回答はこうだ。

「庭からジャンプして、ベランダの柵を摑んで引っ張り、そのままくるりと宙返りをして、です」

「ひぇ……アクションスターみたいなコトするなおまえ」

「うちの妹すげー」

わたしも夕子姉さんも啞然としている。

どう見ても嘘を言っている様子ではなかったから。

「言ったでしょう、身体能力が向上しているようだと」

それはもう、ほとんど戻っているって話じゃなかったっけ？

疑問の視線を夕子姉さんに向けると、彼女は楓をマジマジと眺め回す。

「ン、ン、ン〜〜これは、もしかして……」

何事か推測を述べようとしたところで、楓がそれを遮った。

「私のことよりも！　質問に答えてください。——ふたりで、なにを、していたんですか？」

圧！

顔をめっちゃ近づけて、追及してくる。

「な、なにって……夕子姉さんの実験に付き合ってただけ……だぞ」

わたしはドギマギさせられながらも正直に答えたのだが、楓はまったく納得しない。

ハートストローの刺さったグラスを睨んで、

「その実験とやらと、先ほどのいかがわしい行為に、なんの関係が？」

「ばっ、変な誤解をするな！　あれは——」

むぐっ、と、背後から伸びてきた手に口をふさがれるわたし。

その手の主は夕子姉さんだ。彼女は、後ろからわたしを抱きすくめるような体勢で、身体をくっつけてくる。でもって勝ち誇ったような声で、

「フフフハハハ……あれはなー、千秋に『ワタシへの恋心を芽生えさせる実験』をしていたのだ！」

なに言ってんだこの人。

楓が抱いているであろう妙な誤解をさらに増幅させるよーなことを！

確かに完全な嘘ではないが、そんな言い方があるか！

「恋心を……芽生えさせる……実験……」

あっ……楓が、わなわなしている。

奇妙な状況に、わたしはとても困っていた。

自分の姉妹が、いかがわしい行為をしていたかも——となれば、潔癖症の楓が怒っている理由はわかる。とてもよくわかる。

しかし、いったいどうして姉さんはこんなわけのわからんことを……？

わ、わ、わざわざ誤解を発生させて、楓を怒らせるようなことを……？

困惑するわたしの前で、事態は進行していく。

「そのとおり！　ふふふ説明してやろう、おまえたちの体内には、恋愛感情を検知する『夕子ちゃんラブセンサー』が埋め込まれている——すなわち！　千秋がワタシにときめくと！」

夕子姉さんは、びしりとタコ型の機械を指さして、

「あの受信機弐号が反応するというわけだ！　こうしてぇ〜」

夕子姉さんは、背後からわたしをベッタリと抱きすくめたまま、わたしに頬ずりをはじめた。

すべやかな頬の感触がくすぐったい。

若干、気色悪くもある。

「ちょ～っと、ワタシが可愛がってやるだけで、ほれっ」

タコが楽しそうに踊り始めた。

もちろん言うまでもなく、わたしの心にときめきなど発生してはいない。

だが楓には、そう見えてはいないだろう。

「このとおり、もはや千秋はワタシに、ちょーラブラブというわけだ！　けけけけ、残念だったな楓ぇ！　どうするぅ～？　家庭内でカップルが誕生してしまったぞぉ～？」

「…………」

無言のままに、楓の圧が強まっていく。やばい気配が高まっていく。

なのに夕子姉さんは、ぷっ、と嘲るようにタメて、

「ワハハハハ！　ハァ――ハッハハハハハハ！」


ゴン！


という大きな音が、夕子姉さんの大爆笑をかき消した。

なんの音だったかって？

楓が。

緑のタコを。

蹴りでぶっ壊した音だよ！

「あ〜〜〜〜〜〜〜〜〜〜〜〜〜〜っ！　受信機弐号！」

大事な実験機材をブチ壊されて、たまらず姉さんはタコへと駆け寄った。

楓に蹴り飛ばされた哀れなタコは、壁に激突し、ひっくり返り、両目を××にして、口から煙を吐き出している。

メカにこんな表現をするのもナンだが——し、死んでいる！

最近、わたしに超優しいから忘れかけていたが——

久々に見た。そうそう、こーゆーやつだった。

これが本来の楓なんだよな。

「楓、おまぇぇ……！　なんというひどいことを！　いくらなんでもやりすぎだろ！」

半泣きでクレームを入れる夕子姉さん。

一方の楓は、さぞや怒りの表情を浮かべているのだろう——と、思いきや。

両目をきつくつむり、ふるふると震えている。

怒りの発露にしては弱々しく、しかし見ていると不穏な予感が高まっていく。

まるで激しい感情を押しとどめていた大きな壁に、ビシビシとヒビが入っていくような。

はっと気づいたときにはもう、楓の目から大粒の涙がとめどなく溢れ出していて——

「う……うっ………うぅ………」

えええええええええ！　なんで泣いているんだ！

わたしは事態がまったくわからぬまま、唯々狼狽えるばかり。

楓は立ち尽くしたまま拳を握りしめ、涙を流し、歯を食いしばって、

「ううう～～～～～～～～～～～～～～っ！」

ガバッとわたしに抱き着いてきた。

「なぁっ⁉　なっ、なっ、な――――」

楓が、ぎゅ、と力を込めるたび、身体と身体が、胸と胸が密着して、その形を変えていく。

あまりの急展開に、甘い香りと感触に、わたしは目を回して大混乱。

それでもなんとか、わずかな正気をかき集めて、切ない吐息と声を漏らす。

「にゃ、にゃ、にゃんのつもり……」

「奪い返しているんです……きみの心を……」

泣き声まじりのささやきが、わたしの耳奥に注ぎ込まれる。

「……っ……」

脳がしびれるような感触に耐えるわたしを。

「渡しません……誰にも……」

楓はさらに、ぎゅっ……と強く抱きしめる。

「うぁ……ぁ……」

あ、これ、ダメだ……力が入らん。

でもって死ぬほど胸が苦しい……。

視界がぐにゃりと歪み、ぱちぱちと火花がスパークしている。

もしもあのタコが生きていたならば、この爆発するようなときめきに、きっと大音量で喚き散らしているだろう。

抗いがたい陶酔感。そして、強い恐怖。

このままだと『二度と楓以外の女の子に恋ができなくなる』のでは、という……。

耐えろわたし……っ、があああああああああああああああああ！

「い、いい加減にしろぉ〜〜〜〜〜っ！」

無限に増幅されていく恋心をすこしでもごまかすべく、胸に生じたもうひとつの感情をあらわにする。それは意味不明なちょっかいをかけてくる楓への怒りだ。

「どうしてこんなことするんだよ！」

「どうして……って」

「何度も、何度も、わたしが『新しい恋』を探すのを、邪魔！　してぇ！」

わたしがメイと恋を育むたび。

楓は、わたしの恋心をリセットしてくる。

わたしが夕子姉さんと恋愛実験を始めれば。

こうしてわたしの心を、ぐちゃぐちゃにかき回して——

忘れようとしていた初恋を燃え上がらせるのだ。

「これじゃあわたし、恋なんてできないよ！」

「きみに！　恋なんてさせたくないんです！」

がん、と頭を殴りつけられたような衝撃があった。

好きな女の子からの一言には、そのくらいの破壊力があった。

さらに強く抱きしめられたわたしは、まともな思考を保つのも危うい有様になってしまう。

「きみに……『新しい恋』なんて、させません」

「なん、で」

「ふぅ…………っ」

楓は、熱射病にかかったような顔で息を吸い込んだ。

「それは……」

なにかを言いかけて……言葉が出てこなくて。

「……それは……それは……っ」

苦しそうに呼気を荒らげながら、激しく葛藤するように、言いかけては止めるのを繰り返す。

楓が内に留めようとする想いは、どんどん大きく膨張し、

「きみのことが好きだからですっ！」

ついに弾丸のように飛び出して、わたしに愛の直撃を喰らわせた。

「私が、きみに、恋しているからです！」

目と目を合わせて、真っすぐに。

「あ、う、え……」

じゅうじゅうと心と身体が焦げていく。溶けていく。

妹に抱き着かれ、追い詰められていくわたしを――

「おぉ……おぉおぉ……っ？　面白くなってきたぞ……！」

ただひとり、夕子姉さんだけが目をらんらんと輝かせて見入っている。

わたしはそれに気づいていたが、文句を言う余裕などなかった。

唯々必死で、言葉を絞り出す。

「だ、だが楓っ……言っていただろう。元の身体に戻って……わたしへの恋心は――もうなくなったのだ、と」

だったら、おかしいじゃないか。

いまも、わたしを好き、だなんて。

「あのときは確かにそう言いましたけど！　いまは恋してるんです！」

なんだそれは！　どういうことだ！

まったく意味がわからない！

当然の疑問が次々と脳裏をよぎる――が。

楓はそのすべてを蹴散らすように、勢い任せに言い放つ。

「好きなものは好きなんですっ！　私だけを好きでいて欲しいんですっ！　誰にも渡したくないんですっ！」

「それ、って」

つまり……。

「女に戻っても、わたしを好きなままだった……って、ことか？」

「それは――……………」

わたしが投げた重要な問いに、楓はうつむき、言葉を詰まらせる。

彼女が再び顔を上げ、真っすぐ目が合う。

「……っ」

恥ずかしさのあまり、わたしは目を合わせていられなくなって――

「……あっ」

下を向いた拍子に、気付いてしまった。

「あ……ぁ……」

わたしの声で視線を追った、楓もだ。

すべてを察した。

そういうことか、と。

楓の身体能力が、再び向上していた理由。
元の身体に戻り、わたしへの恋心を喪ったはずの楓が、あんなことを言い出した理由。
「あぁ……ぁあぁ……っ」
楓の美貌が、羞恥に染まる。
きっとわたしも、同じような顔で、同じような声を漏らしている。
まるで『あのとき』の再現だ。
視線の先は、私服姿の楓。
妹のスカート。その前部分が、

あのときと同じように、盛り上がっていた。

わたしは、一瞬、ひゅ、と息を呑み。

「うわあああ！」

楓とともに絶叫をとどろかせたのである。

わたしは恋に恋い焦がれ。
わたしは妹に恋していて。
けれど妹とは、恋愛なんて絶対にしたくなくて。

妹は、ちんちんが生えているときだけ、わたしに恋をする。

いつだって自信たっぷり、超前向きなのがわたしだが。

今度ばかりは一言だけ、弱音を吐かせてもらいたい。

こんなの、いったいどうすりゃいいんだよ！

3章

大騒動の後。

わたしたちは全員で、夕子姉さんの研究所へと移動した。

もう夜も遅い時間だが、ゆっくり就寝している場合じゃない。

とにもかくにも、症状が再発してしまった楓を検査せねばならなかった。

わたしは、立ったまま廊下の壁にもたれ、検査が終わるのを待っている最中という状況だ。

とまぁ……いままでの流れをザッと説明したわけだが。

実に大変だったのだ……普段の我々らしからぬ見苦しい醜態だった……。

武士の情けで、詳細は聞かないでくれ。

「……ふぅ」

重い息を吐き出しながら、考える。

どうして一度は完治したはずの楓が――ついさっき、再発してしまったのか。

それは検査結果を待たねばわからんが……。

楓がふたたび『わたしへの恋心を取り戻していた理由』は、たぶんわかる。

――ちんちんが生えちゃったから。

だよな！　絶対そうに違いない！

「で、アワレ『数日前の状態』に戻ってしまった楓は——」

愛しく恋しい八隅千秋お姉ちゃんの『新しい恋』を全力で邪魔しにかかった、と。

「フ……さすがわたし、完璧な推察だ」

もしも『我々の物語』を俯瞰で見ている神のような存在がいるのなら、ぜひとも確認してみたいものだ。

わたしの推察、百点満点だよな——と。

やくたいもない考えにふけっているうちに、それなりの時間が経ったようだ。

夕子姉さんの声が、わたしを呼ばわった。

「千秋、入れ」

ドアを開けて室内に足を踏み入れると、偉そうにふんぞり返る姉さんと、白いベッドにちょこんと腰かけ、シクシク泣いている楓の姿。

……うーん。

めっちゃ既視感のある状況だ。

入学式直後、生えちゃったばかりの楓も、こんな感じだったっけ。

……無理もないか。せっかく完全に元に戻れたと思ったら、ひと月も経たんうちに逆戻りしてしまったのだから。

「夕子姉さん、楓の状況は？」

『ちんちん消せた？』という意味の質問をすると、姉さんは首を横に振る。

……なんてこった。

「前みたいに、治ってないけど一時的に抑えるとかは……」

「いまのところは無理だな。むろん、早めになんとかするつもりではいるが……ひとまず学校は休ませる」

そういうことなら、まぁ、仕方がない。

「原因は？　その……治ったはずなのに、また……なっちゃった、理由」

「ふぅむ……強烈なストレスに晒されたのが原因だろう」

「ストレス？」

はて？　ここ数日の楓に——なにかあったか？

「わたしの目が届く範囲では、普通の日常生活を送っていたと思うのだが」

「本人から直接聞け」

くいっとあご先で楓を指す姉さん。

わたしの視線は妹に向く。

すると両手で顔を覆ってシクシク泣いていた楓は、ゆっくりと顔を上げた。

涙はまだまだ出っ放し。目は赤くなってしまっていて——。

意識せず優しい声が、わたしの口から出ていった。

「楓、なにがあったんだ？」

「…………………」

うるうると、楓の目から次々に涙が生まれては零れ落ちる。

「……きみが」

「わたしが？」

ハンカチで妹の涙をぬぐってやりながら、決して急かさず、楓の返事を待っていたわたしであったが。

「……浮気したから」

「？？？？」

おっとぉ……あまりにも意表を突く回答がきたぞぉ。

わたしの脳天で、無数のクエスチョンマークが飛び交う。

「う、浮気？　わたしが？　どゆこと？？？」

「ぐすっ……とぼけるんですか……？　クラスの皆さんや……メイや……夕子姉さんとの……浮気三昧の日々を……私に、見せつけて……」

「あっ──あれは！　だから！『新しい恋』を探すためだって──」

「私っ、やだって、言いました！」

「そ、そんなこと、いつ──」

──……私に告白しておいて、浮気をするなんて。

──たった数日で他の相手とふたりきりで出かけるなんて。

──…………不誠実です。完全に有罪です。

「──い、言ってたよーな気がするけども！」

……ええと、その。もしかして……。

理不尽すぎて流しちゃったあの『浮気者』って、本気で言ってたってこと？

いつもの……キツめのおちょくりとかじゃなくて？

「私、ちゃんと、言ったのに……浮気ですって。伝えたのに……やぁです……って」

泣きべそまじりに訴える楓は、弱々しく、子供のような喋り方になっている。

「く……ぐ……」

わたしの心が、罪悪感でぎしぎしと悲鳴を上げている。

楓が話してくれた『ストレスの原因』。

理不尽な言い草であることは、一切！　変わっていないというのにだ！

依然として泣き続ける楓を、直視していられなくなったわたしは、逃げるように夕子姉さんへと向き直る。

「じゃあ、その……楓が再発した原因って……」

「…………ウン、千秋のせいらしい」

「はぁぁ～～～～～～～～～～～～～～～～～～～～～～～～～～～～～～～～～～～⁉」

なんっ…………だそれはぁ！

頭を抱えて悶えるわたし。

ダメだ、脳内がぐちゃぐちゃだ。

じょ、状況を整理しよう……。

ええっと『楓は、元の身体に戻って、八隅千秋への恋心を喪っていた』——

けれども。

『楓は潔癖すぎて、一瞬だけとはいえ、呪われていたようなもんとはいえ、自分と両想いだった相手が、積極的に別の恋人を作ろうとする行為が気に食わなかった』——

と、いうこと？

あまりにもわたしに腹が立って、ストレスたまって……そんで、それが原因になってちんちんが生えちゃった、って、こと？

なんとなく、しっくり来ないような気もするが——

　楓が嘘をついていなければ、そうなる。

　楓が、わたしのように、本心をごまかしたりしていなければ――そうなる。

　他の解釈は思いつかない。

「ね、姉さん……いまは無理だと言ったが……楓、治るのだよな？」

「治すとも。ふっ、ワタシを誰だと思っているんだ？」

「そっ、そうか……よかったな、楓！」

　妹にはげましの言葉を掛ける――が、しかしそこで、夕子姉さんはこう続けた。

「だからおまえたちは、もう一度、データを集めるのだ」

「で、データ……って」

「むろん恋愛感情のデータだとも！　知ってのとおり、おまえたちの性転換には、恋心、そして性的な欲求が深く関わっているよーだからな！」

「くそっ！　楽しそうにしやがってぇ～！　可愛い妹が苦しんでいるというのに、なんだその態度は！」

「おいおい千秋、失敬だなぁ～、くふふふ。ワタシは『妹が苦しんでいるから』楽しんでいるんじゃないぞぉ～？　実験がガンガン進みそうなのと、おまえたちの恋愛模様が混迷するのが面白くって、うきうきしとるんだぞぉ～？」

「似たようなもんじゃないか！」

「ぜんぜん違うもーん♪」

「ぐぬぬぬ……」

夕子姉さんの提示した『解決策』を聞いたわたしは、愉快犯から目をそらし、楓の様子をうかがった。すると楓が、いまだ目をうるませたまま、わたしを上目遣いに見上げてきて――

「八隅くん……責任、取ってください」

「いまの私は……きみに、恋してるんですから」

「――――――――」

ああーっ！　もぉおーっ！　む、無自覚に心臓を撃ち抜きおってぇ……！

きゅんきゅんしちゃうだろ、ちくしょお～～～～～～～～～ッ！

「責任って……どうしろと言うのだ……」

焦燥した声が出てしまったぞ。

はーっ！　まさか楓から、同性の妹から、こんな台詞を言われる日が来るとはなぁ！

わたしの『責任を取るってどうすればいいの？』という問いに、

「…………………」

楓はなかなか答えない。

かぁ……と、真っ赤になって黙り込んでしまう。

「……な、なんだその意味深なリアクションは……？」

このわたしに、真っ赤になるようなことをさせるつもりなのか？

もうすでに顔が熱いんだが？

しばらくもじもじしていた楓だったが、やがて林檎のように真っ赤な顔で、

「して欲しい、です」

「……な、なに、を？」

「私の……恋心を……満たすような、こと」

「……………………それって」

――――――――それって、まさか……。

ちら、と楓の股間を見て、状態を確認してから震える声を漏らす。

「わ、わわ、わたしにっ……え、えっちなことをして欲しいという……」

「違います！　な――なにを考えているんですか！」

「話の流れからして、そうとしか聞こえないだろ！」

そんな凶悪な状態のちんちんを見せつけておいてぇ！

「じゃ、じゃじゃじゃ、じゃあっ！　なにをしろっていうんだ！」

楓がどう返そうとも『絶対無理っ！』と断るつもりだったのだ。

なのに楓が――

「一緒に学校を休んで……一日中、一緒にいてくださいっ！」

あまりにも必死に、可愛らしい要求をするものだから。

「……わ、わかった」

ちょろい！

なんなんだよわたし……ちょろすぎるだろぉ……。

でも仕方ないじゃんかぁ……好きなんだからぁ！

好きな人からこんな……こんな……！

あぁ～っ、断れるわけがないんだってぇ～！

わたしの了承を聞いた楓は、目をぱちくりとして。

「……いいんですか？　きみ……学校休むの、嫌いなのに」

「いいに決まってる」

楓と仲良く一緒に過ごして――恋愛データを集めればいいんだろう？

楓を治療するために。

ああ、ああ、お安い御用だとも。

「学校よりも楓の方が大事だ。——それに」

「それに？」

「忘れたのか？　何度も言っているだろう——」

ニヤリと笑んで、

「『わたしは、ちんちんの生えている楓に恋をしているのだ』となっ！」

「…………えっ、あっ——」

そうだよ楓。

だから、つまり。

ずぅ～～～～っと、わたしは『どんな楓であろうと好き好き大好きでたまらん』という真実を隠してきたが。

楓が完治するまでの間は、その必要はなくなった。

嘘もごまかしも、いらなくなった。

「いまだけ両想いだな、妹ちゃん」

そういうことだ。

深夜の研究所で。

『一日中、一緒にいてください――』

妹からのお願いに、カッコよく応えた千秋お姉ちゃんであったが――

一夜明けた早朝。

「ん……んん……」

自室のベッドで目を覚ましたわたしは、

「んんッ⁉」

美少女にあるまじき奇声とともに目を覚ました。

ガバッと掛け布団を引っぺがし、その原因を目視する。なにやら『おねしょをした朝』みたいな挙動だが――もちろんそんなわけもない。

では、なにがあったのかといえば……。

「……おい、楓」

宇宙一のクール美少女・八隅楓が。

パジャマ姿のまま。

千秋お姉ちゃんの胸に顔を埋めている姿であった。

「……なにしてんの？」

「違うんです」

顔をおっぱいに埋めたまま、弁明を始める楓。

わたし視点だと脳天しか見えないので、とてつもなくシュールな感じがする。

「違うとか言われても……最初から説明してくれないとわからんのだが。あと早く離れて」

楓(かえで)は、わたしのおっぱいに埋もれたまま、

「八隅(やすみ)くん……昨日の話……覚えていますか？」

「わたしたちがいまだけ両想(おも)いで、『一日中一緒にいる』って約束のこと？」

「……はい」

かたくなに動こうとしないな、きみ。

それでいて平時のクールボイスで話しかけてくるのがまた、異様で怖い。

あえてにごすけど、たぶんわたし、いまハイパー貞操の危機だよな。

「……それで、なるべく朝早くから一緒にいたくて……きみを起こしにきたんです」

聞いていると超可愛(かわい)い行動なんだけど。

「どうして、こんな状況に……」

さりげなく揉(も)むのやめろや。

「寝顔を見ていたら……つい……魔が差した、と、いいますか……両想(おも)いだって言っていたし、添い寝くらい……いいかな、って……」

「この体勢、添い寝というには調子乗りすぎじゃないか？」

「つい魔が差して……両想(おも)いなので、もしかしたら許してくれるかも……と」

「両想いでもだめぇ！　心が男子中学生になってるぞおまえっ！」

がしっと楓の脳天を両手でつかんで、女子らしからぬ乱暴な声で、

「おらっ離れろ！　今日はふたりで『恋心を満たすようなことをする』って話だったろうが！　楓のアレを治すために！」

「……一日中この体勢でもいいです」

「男子中学生が妄想する『理想のデート計画』じゃねーか！」

ああもう、胸にしがみつくな！

「めちゃくちゃ気持ちはわかるけど！　たぶんあらゆる女性の中でわたしがもっとも理解できるだろうけど……っ！　……恥ずかしいからいますぐやめろ」

「…………だめ、ですか？」

ぐぬっ……そのおねだりをすればなんでもわたしが言うこと聞くと思って……ッ！

「……逆に聞くけど、わたしも一日中、楓の胸に顔を埋めて、ぱふぱふしていいわけ？」

バッ、と、楓は顔を上げて、

「絶対イヤです」

「不公平すぎない？」

「どうせきみには、そんな度胸はないでしょう？」

「ないけども」

きみは度胸すごいね！

「妹の胸に興奮するなんて、変態じゃないですか？」

「ギャグで言ってんのかおまえ。――元の体勢に戻ろうとするのをやめろ」

「私たち、両想いなんですよね？」

「いまだけ……な」

「な、なら……この状況に、ときめいたりは……していないんですか？」

うーん。

「わたしも実際に体験してみて初めてわかったんだが――びっくりするほど、ときめいてない」

「どうして……？」

そんなバカな、という顔で青ざめる楓。

どうしてと言われても……。

「あの体勢……顔を埋められている側は、なんか冷静になってしまうのだ」

「そんな……」

世のベテランカップルに問うてみたいのだが。

このプレイだめじゃね？

ぜんぜんちっともときめかなくね？

そりゃあ、おっぱいに顔を埋めている側は、最高に幸せなんだろうけども。

情けなく幸せを味わっている彼氏の脳天を見続けている彼女さんサイドはといえば。

「なんだろう……このドスケベのアホは、という感想を禁じ得ないぞ」

「……ッ」

ガーン、と、ショックを受ける楓。ちょっぴり涙目になっている。

改めて思うが、ちんちんって呪いのアイテムだよな。

あんなにクールビューティな楓なのに……一本生えただけでこのザマだもの。

「わ、私が……ドスケベのアホ……」

下半身に行動を支配されつつある我が妹は、哀しそうな顔でわたしから身を離す。

そこで……わたしの女の勘とでもいうべきものが、身の危険が去ったことを教えてくれる。

よりわかりやすい別の言い方をするならば、さっきからチョクチョクふとももあたりに当たっていたヤベー感触が、離れ際にちいさくなったことがわかった。

……よ、よっぽどショックだったんだろうな。

「八隅くんは……以前、言っていましたね。きょうだいで恋愛なんて絶対イヤだ、と」

なんだよ突然。

「絶対イヤだぞ」

自慢できないし——これは言わなかったけれど、楓が嫌がるから。

「両想いになっている、いまも、ですか？」

「イヤだね」

即答した。だって、わたしからしたら、あんまり状況変わってないもの。

わたしは、この前も、いまも、変わらず楓に恋しているわけで。

違うのは『いまの楓』がわたしに恋していることだけど――。

それも所詮、一時的なものでしかない。

治療が完了するまでの、ひとときの夢に過ぎない。

だからわたしは、堂々と強がってやるのだ。

「きょうだいで恋愛なんて、絶対にするものか。……おまえだって、同じだろう」

「そう、です、ね――」

わたしのすぐそばに寝そべっている楓は、切なげに目を伏せる。

その仕草がたまらなく色っぽくて。

しがみつかれていたときよりも、ずうっと、ドキドキした。

「元に戻った私は……きっと、こう言うと思います」

――『きょうだいで恋愛なんて、絶対イヤです』

「ヒヒ、だろーな」

脳内再生余裕である。

「ただ……」

「ただ？」

「私がきみに恋している間は…………浮気しないでくださいね？」

「…………はいはい」

おっと？　これは？

わたしは身体を少し起こして、

「なあ、いまの——ちょっぴりラブラブカップルっぽかったんじゃないか？」

「その台詞がなければ、そうだったかもしれませんね」

「あ、そう？　悪い……」

「構いませんよ。きみに、そういう気遣いなんて最初から期待していませんから」

「……そこまで言うなら、いい雰囲気になる話題を振ってくれるんだろうな？」

唇を尖らせて挑発してみると、楓は「いいですよ」と快諾した。

そして、柔らかい微笑で問う。

「八隅くんは、私のどんなところが好きなんですか？」

「…………え」

無様に固まってしまうわたし。

「両想いなんですから……答えられますよね？　好きな人に、好きなところを言ってもらうの……一度、やってみたかったんです」

「そ、そ、そう……だな」

いつの間にやら、完全に攻守が逆転している。

わたしのおっぱいに夢中になっていたときは、あんなに情けなくてアホっぽかったのに！

「楓の好きなところ、は……」

「はい」

期待に表情を蕩けさせる楓に、わたしはハッキリとわかりやすく言う。

「顔だな」

「は？」

かつて『千秋お兄ちゃん』に向けていたのと同じトーンの『は？』だった。

怖……。

しかしわたしは、臆さず解説する。

「楓の顔は、とてもとてもとても――――綺麗でかっこいい。超好みだ」

さあ、照れて真っ赤になるがいいッ！

「私の顔……」

リアクションを待つわたしに、楓は真顔で言った。

「きみとそっくりなんですけど。……男の頃の」

「フッ、そうだな。わたしたちは二卵性の双子なのに、うりふたつだった――」

回想する。

仲良く手をつないで歩く、幼く美しい双子の姿を。

「だから好きなんだが？」

「……このナルシストのアホがという感想を禁じ得ません」

「なあっ！」

ガーン、とショックを受けるわたし。ちょっと涙目になっている。

「わ、わたしが……ナルシストのアホだとぉ……？」

「違うんですか？」

「あ、あえて違うとは言うまい！　だがな！　自分を好きなのは人として当たり前のことだと思うぞっ！　生まれてから死ぬ瞬間まで、一時も離れず、ず～～～～～っと一緒にいる自分を好きになれなくて、どうやって毎日を面白おかしく生きられるというのだ！」

「きみの人生論は心底どうでもいいんですけど、好きな人に自分の好きなところを聞いたのに『顔が好き。自分に似ているから』と回答された私は、激怒する権利があると思いませんか？」

「最高の褒め言葉なのに」

「最低の褒め言葉です。だからモテないんですよ」

「……ほんとに両想いなの？」

「八隅くんに教えてあげますけれど……自分そっくりの姿をした愚か者が、目の前をうろちょろしているのって、とっても不愉快なんですよ？」

「ほんとに両想いなの⁉」

そうやって――――――……。

腹をすかせた夕子姉さんが文句を言いに来るまで、ベッドの中で話し込んでいた。

正午をぐぐっと過ぎた頃。

遅い昼食（といっても本日一食目だが）を終えた後。

夕子姉さんが、例のごとくイジワルそうな顔で――

「ヨシおまえら、午後は外にお出かけしろっ！」

とんでもないことを言い出した。

「いや無理だろ」

「なにバカなことを言っているんですか？」

わたしも楓も、当然のように冷めた返事をしたのだが。

姉さんは、まったく動じず言い返してくる。

唇を尖らせて、

「だってぇ～、家に引きこもっているだけじゃ～、ちっともトラブルが起こらなくてつまらんじゃないかぁ～」

「いまの楓にトラブルが起きたらシャレにならんだろ！」

「そうならないために家にいるんです！」

姉妹仲良くツッコミを入れる。

夕子姉さんは不満げに、

「イマイチいいデータが集まってこないのだよなー。ほんわか～とした感じのばっかりでさぁ～、やっぱもっとこーハラハラ感とゆーか、恋愛感情をがんがん刺激するイベントのバリエーションとゆーかだなぁ、そーゆうのが欲しいわけ」

わかった風なことを言いやがる。

「お姉ちゃんね？　外でデートした方が、効率よくデータが集まると思うの。——とゆーわけで、千秋、楓！　午後からは外に出るのだ！」

「絶対イヤです！　私に！　社会的に死ねというんですか！」

「そんなこと言ってたら、いつまで経っても元の身体に戻れないぞ～？」

「なっ！　ず、ズルいです！　そんなの！」

くっ……！　と、楓は歯を食いしばって悔しそうにする。

「おい夕子姉さん、いい加減にしないと、さすがにわたしも怒るからなっ！」

楓のコレを治せるのは夕子姉さんだけなのに、それを盾にするような真似——

「お姉ちゃんの風上にも置けん！」

「怒るなよ千秋、大げさだなぁ……夕子お姉ちゃんは、おまえたちに、ほんのちょっぴりだけ——外でデートをして、ワタシを楽しませて欲しいだけなのに」

最後の一言に、姉さんの本音がだだ漏れしている。

外に出た方が、恋愛データが効率よく集められるというのも嘘じゃないんだろうが。

だとしても！

「そんなハイリスクな行為は受け入れられんと言っている」

「言うほどハイリスクか？　見られたら困るものが生えてるだけじゃん」

「その『だけ』が大問題なんです！　以前のように一時的に消えているならまだしも——」

食ってかかる楓であったが、夕子姉さんにはまるで響かず。

「そうそう他人に見られるような箇所じゃないだろぉ」

「じゃあ姉さんは、今後一生ぱんつ穿くなよ？」

「ち、千秋はどうして、お姉ちゃんにすぐえろいことさせようとするの！」

「自分で言ったんじゃないか。『そうそう他人に見られるような箇所じゃない』んだろ？」

「ぐぬぬぅ～！　えろがきめぇ……」

　わたしの反撃を喰らった夕子姉さんは、真っ赤になって地団太を踏んでいたが。

　やがてニヤリと笑って、

「つまり千秋は……ワタシが楓にやらせようとしているコトは――ぱんつを穿かずにデートをするようなものだと言うんだな？」

「そうだ。恥ずかしくて無理だろう？　わたしだって、ノーパンの妹とふたりで街を歩くのは、かなりキツい」

　そこで、わたしと夕子姉さんは、揃って楓を見る。

「や、八隅くんっ！　変な想像しないでくださいっ！」

「イヤそのくらい恥ずかしい行為を強要しているのだと夕子姉さんにだな――って、ほんっと、なんだって家族でこんな会話をせねばならんのだ！」

　ゲンナリと姉さんに視線を戻すと、彼女は唇を尖らせて一言。

「でも千秋、ノーパンの女の子とデートするえっちなマンガ、いっぱい持っとるよね？」

「んんッ！　んッんッ！」

　大きくむせるわたし。

「なんで姉さんがそんなコト知ってんの⁉」

誰にも見せられないわたしの秘密を！

「この前、おまえがえっちな電子書籍を見せてくれたあとにね。他にどんなの持ってるのかなーって、チョコチョコっと一通り確認してみたの。そしたら色々すごいのが――」

「機械に詳しすぎる身内って最悪だな！」

『掃除中に息子のえろ本を見つけちゃう母親』の上位存在じゃん！

「……そんないかがわしい本を持っている身内も最悪です」

「誤解だ楓！」

蔑みの眼差しやめて。

つら……。

「なにが誤解なものか。あんなにたくさん似たよーなシチュのえっちなマンガを集めておいて。むりやりお姉ちゃんに読ませておいて……」

「自分で勝手に読んだんだろ！」

なのに姉さんは、恥ずかしすぎて死にそう～みたいな被害者面になっている。

かぁ、と頬を染めて、初心に口元を手で押さえながら、わたしを責め立ててくるのだ。

「……大人しく認めるがいいぞ。千秋は好きなんだろ？　女の子をノーパンで歩かせて恥ずかしがらせるのが」

「マンガで読むのはね！」

それはもう観念して認めるけども！

「リアルではやりたくねーよ!?」

「ほんとかぁ？　楓と似たようなシチュでデートできるの、実は喜んでたりしない？」

「ずっとヤダって言ってるじゃん！」

「おっぱいにハートシールを貼ってる女の子も好きなんだろぉ？」

「それはあんまり好きじゃない！　好きな先生の作品だから我慢して読んでるだけで……！」

涙目で弁明するわたしを、この話が始まってからずーっと、青ざめた顔で楓が見ている。

「……不潔です」

「ぐぅぅぅ〜〜〜〜〜〜〜〜〜〜〜〜〜〜！」

念のために言っておくが。

いまのわたしは、宇宙一の美少女である。

なのになんなん？　この下品なやり取りは……？

くそっ、頭が痛くなってきたぞ！

「は、話を戻すぞ！　もう一度言うが！　楓を外に出すのはハイリスクすぎる！　たとえその方がデータを集めやすいのだとしてもだ！」

不都合な話題を終わらせにかかるわたし。

すると夕子姉さんは、あっさりとこう言った。

「じゃあ、外出リスクを下げればいいのだろ？」

「どうやって？」

「ふっふっふ、こんなこともあろうかと――――」

得意げに『科学者キャラ』みたいな台詞を口にした姉さんは、どこからともなくそれを取り出して、握った片手を天高く掲げた。

ぱんつである。

女性用の下着、ともいう。

カラーは白で、特別変わった点は見られないが……。

「なにそれ？」

「この前約束しただろ、破れないぱんつを作ってやる、と」

「そう言えば……あったな、そんな話が」

ふいに生えてしまったとき、二十センチオーバーの棒が突如出現するわけで、楓の下着は耐えきれず破れてしまうのではないか？　というあれである。

「……どっ、どうして私の下着を、八隅くんがオーダーするんですか……？」

「また変な誤解してる！」

「製作中に楓の治療が終わってしまって、使い道がなくなってしまっていたのだが――途中でやめるのも忍びなくてな。ちまちま作り続けていたのだ」

夕子姉さんは、そんな解説をしながら、両手でぱんつを広げたり伸ばしたりする。

「そしてこれがその完成品——『てっぺきくん』だっ」

青いネコ型ロボットが、ひみつ道具を取り出すときのSEが、わたしの脳内で鳴り響いた。

「機能としては、頑丈で破れにくいのはもちろん、収納した部位の形態変化に応じてよく伸びて、自動的にポジションを調整し、おっきくなったちんちんを超目立たなくするとともに、快適な穿き心地を提供するというものだ」

「大発明じゃん！」

授業中だろうが朝礼中だろうが、急におっきくなってもノーダメになるぱんつだとぉ……？

少年からおっさんまで、すべての男性が欲しがるであろう神アイテムであった。

デザインが女性用だから、『特殊な事情』をお持ちのユーザーしか使えんだろうけど。

「ふふふ～、千秋、楓！　これでどこにでもデートに行けるな！　お姉ちゃんに感謝しろよ！」

夕子姉さんからの、思いがけないプレゼントに——

「こ、こんな……絶対穿きたくない……でも……これがあれば学校にも……」

楓は、頭を抱えて葛藤していた。

とまぁそんな流れで、新しいぱんつを手に入れた楓。

そんな彼女と連れ立って外に出たわたしであったが……。

「……な、なぁ……いつの間にわたしたちは……手をつないでいるんだ？」

「気付かなかったんですか？　家を出たときからつないでいますけど」

「……なんかすごい自然な流れでつないだから……意識してなかった」

で、いま気付いちゃったから。

急速に恥ずかしくなってきている……。

照れ照れになっているわたしを見た楓は、くすっと余裕ありげに笑って、

「私たちは……両想いで、これからデートをするんでしょう？　いまからそんなで、どうするつもりなんですか？」

と、楓は指を絡めてくる。

……な、なんかえろい。

というかなんなのだこの楓の余裕は……。

「あ、ああ～……っと……きゅ、急に外でデートをしてこいって言われても……困るよな？」

わたしは、照れ隠し半分に話しかける。

「このくらいの時間なら、補導されたりはしないと思いますが……遠出をするには時間が足りませんね」

あてどもなく歩きながら会話を――しているはず、なのだが。

「楓……どこに向かっているんだ？　なんか迷いなく歩いてるようだけども」

「テニスコートです。私の都合でデートをしてもらっているんですから、私がデートコースを考えようと思ったんですけど……他に、きみが行きたい場所があるなら、そちらでも」

「ああいや、なにも思いつかないから……楓にお任せする」

めっちゃリードしてくれるじゃん。

「でも、なんでまた、テニス？　運動で性欲を発散するため？」

「ち、違います！　近場にあって、道具がレンタルできて、なにより……きみには最近、情けない姿ばかり見せていますから――……」

楓はわたしと間近で目を合わせて、

「デートでは、いいところ見せたいんです」

「…………………」

うーわ……かっこよ。少女マンガだったら大ゴマになってる場面だぞコレ。

ときめきすぎて、もはやため息しか出ない。

「ふふ、ちゃんとときめいてくれたみたいですね」

「……楓、おまえ、わかっているんだろうな」

顔を熱くしながら、憎まれ口を叩くわたし。

「なにをです？」

「いま、わたしたちは両想いになっているが、血のつながった双子のきょうだい同士でありながら、両想いになってしまっているが――これは一時的なものに過ぎないということをだ。おまえが元の身体に戻ったら、お互い綺麗さっぱり消えてなくなる感情なんだぞ」

「そうですね、だから？」

「夕子姉さんの言いつけ通り、ちゃんとデートして、いちゃいちゃして、ドキドキときめいたりもするけれども――」

わたしは、へにょっと力なく言う。

「………あとで気まずくならん程度にしとかない？」

「……もう手遅れでは？」

「……そ、そうかな？」

「八隅くん相手に、甘い言葉をささやいて、手をつないで、いいところを見せたいとはりきって――」

わたしのおっぱいに顔を埋めてモミモミした件を忘れるなよ。

「――私、元に戻ったら、一晩ベッドの上でもだえ苦しむと思います」

「そんなに⁉　大好きな千秋お姉ちゃん相手なんだからセーフじゃない？」

「……女になって女子高生ハーレムを楽しむ元双子の兄に恋してしまうなんて、考えられ得る限り最悪の事態です」

　ぐっ……。

「でもおまえ、いまわたしのこと大好きじゃん」

「お互い様でしょう？　……はあ、本当、困ってしまいます」

　楓はそう言いながらも、親し気に、こつんと肩と肩を触れ合わせてくる。

「迷惑です……こんな……自分でも制御できない……感情なんて」

　きゅ、と、あらためて――わたしたちの指が絡まっていく。

　後々発生するであろう気まずさが、質の悪い負債のように増大していく。

　それでも、手を振り払おうとは思えなかった。

「い、一線だけは絶対に越えないからな！」

「一線って、具体的になんのことですか？　ちっともわからないので教えてください」

「腰を抱き寄せるんじゃない！」

　楓がこんなことになって――『新しい恋』を探すというわたしの夢は、一時中断してしまったけれども。この問題が解決したら、必ずや再開し夢を叶えるのだ。

　だからこそ、ここで自分自身に誓っておく。

ぜぇ〜〜ったいにぃ！　楓のこと！　これ以上！　好きにはならないからなぁ！


テニスコートは、我が家から歩いて十分かからない距離にあった。

木々に囲まれた、閑静な立地。

きらびやかな陽光。春風が美味しい空気を運んでくる。

前々からあることは知っていたが、利用したことはない——そんな場所だ。

わたしたち以外に利用者の姿はない。まるで貸し切りみたいだな。

着替えを済ませたわたしたちは、ラケット片手に、肩を並べてテニスコートに立つ。

「ほう、爽やかでいいところじゃないか」

「そうでしょう？　たまに利用しているんです」

さすがスポーツ万能少女。余暇の使い方までかっこいい。

さてさて、わたしたちは共に、楓が持参した運動用の服を着ているのだが——

「なんでわたしだけスカートで、そっちはジャージを穿いてるの？」

「……私、いまの状況でスカートなんて穿きたくないです」

「あ、そっか」

夕子姉さん特製の『てっぺきくん』を穿いているとはいえ、スカートよりもジャージの方が安全だという判断らしい。

「いざとなったら、どのみちごまかしようがないような気もするが……」

「言わないでください。気休めだと、自分でもわかってますから」

「……そ、そう」

一瞬にして悲愴な表情になってしまった楓。

わたしは慌てて話題を変える。

「それはそれとして、わたしの……この、真っ白な服とスカートはいったい？」

「よく似合っていますよ。可愛いです、とても」

「……ありがと」

照れてモジモジするわたし――

「じゃなくて！　なんで今日のテニスデートのためにあるような服が！　わたしぴったりのサイズで！　楓のバッグの中に存在していたのかって聞いているんだけど？」

「この前、一緒に服を買いに行ったでしょう？」

「あ、あぁ……」

久しぶりにきょうだいで買い物デートをして、服をいっぱい選んでもらって。

帰り道にナンパから助けてもらって――。

いかんいかん……思い出すたび、きゅんきゅんしてしまう。

「あのときに買ったものです」

と、楓。わたしは胸元を指でひっぱりながら、

「色んな店でたくさん買いまくったから覚えてない……そうなのか。テニス以外で着なそうなのに……」

「こんなこともあろうかと、買っておいて正解でしたね」

得意げに、夕子姉さんみたいなことを言う。

あのとき、すでに……ここでデートをするつもりだったのだろうか……わたしと。

いやでも、あのときは……生えてなかったし……わたしへの恋心……ないはず……だよな？

ん～～……わからん。

両想いになっているはずなのに、楓の心はいまだ謎めいていて、なにを考えているのか……ちっともわからない。

だけど。

想い人の心を推しはかろうとする行為は……いつだって、切なくも楽しい。

恋をして、初めて知ったことだった。

「ええと……楓。じゃあ、どうする？　試合形式でゲームをするのか？」

「先に、きみの復調具合を聞いても？　思い通りに動かないんでしょう？　……身体」

「転ばず走れるようにはなった——ってところかな。身体能力も、以前と比べて格段に落ちているが——そろそろ軽いスポーツでも、と思っていたところだ」

「なら、少し練習して。それから軽く遊びのゲームをしましょうか」

「ま、そんな感じだろうな」

悔しいが、いまのわたしが、楓に真剣勝負を挑むことはできない。

負けず嫌いのわたしにだって、そのくらいの分別はあるとも。

で——準備運動をして、軽く練習をしてから。

わたしたちは、ゆったりペースでラリーを続けながら、おしゃべりに興じる。

「わたしと違って、楓は、最初から身体能力の変化に対応できていたよな——ほい、っと」

「体重も体格も、ほとんど変わっていませんでしたから。まるっと女になったきみとは、違うということでしょう」

「そういうもんか、っとと。——にしても、女の子ってこんなに身体が弱いものか？　以前のわたしたちって、そんなに運動能力に差はなかったよな——よっと」

女の子の身体になったからって、八隅千秋ちゃん、弱体化しすぎでは？

そんな疑問をボールに乗せて打ち返す。

「そもそも、この性転換による身体能力の変化は、夕子姉さんの邪悪な実験によるものですから。深く考えるだけ無駄だと思います。私が男性になったとしても、いまほどの身体能力を得られるわけがないでしょう」

「それもそうか——ならわたしも姉さんに頼んで、身体能力を超人の域にまで引き上げてもらおうかなっ、と」

「絶対にやめてください。もしも姿が変わってしまったらどうするんですか?」

楓は息ひとつ乱さずに、わたしが打ちやすいようボールを返してくる。

テニスコートを遊び場にしているというだけあって、上手いものだ。

躍動する肢体は、健康的な美をたたえている。

うーん、かっこいい。女の子たちが、きゃーきゃー言いたくなるのもわかる。

「なあ経験者様……わたしは、本気で打っていいんだよな——っと」

「もちろんです。私が返せなかったら、きみの勝ちでいいですよ」

「ふっ、面白い」

妹相手にハンデ戦。以前のわたしだったら、泣くほど悔しかっただろうな。

もちろんいまだって悔しい気持ちはある……が、なぜか、以前ほどではない。

不思議と、ハンデ戦を楽しもうという素直な気持ちが湧いてくる。

「熱中して転ばないでくださいね——」

と、楓がちょうどいいボールを打ってくれたのを皮切りに。

わたしはギアを上げていく。

『女の子の身体』の全力でラケットを振り、テニスボールを打ち返す。

それを楓は、悠々と打ち返してくる。さらにそれを、わたしが打ち返す。

打ち返す、打ち返す、打ち返す――……。

「ああくそっ、胸が邪魔だなこの身体は！」

鑑賞用としては最高なのに、使用感は最悪だ。

体力もないし、全力で動ける時間もあとわずか。

くそう、これでは到底、楓の守りを崩すことなど――

「…………」

あれれっ？　楓のやつ……なんか動き悪くなってない？

「くっ……はぁ……はぁ……」

わたしが全力で動き始めてから、どんどん余裕がなくなっていっている、ような。

「…………ん～？」

「…………はぁ、はぁ」

無言でラリーを続けながら、わたしは楓を観察する。

「…………んんん～～？」

「…………はぁ、はぁ、はぁ」

楓、さっきから、いったいなにに気を取られて――

あ！　お、おまえっ――！

「おっぱい見過ぎだバカものぉ！」

わたしのスマッシュが、見事ボールを相手コートに叩き込んだのである。

帰り道。わたしたちは元の服装に着替え、並んで歩く。

そんなときだ。

「あー、楓サマと千秋ちゃんがいる」

「うそっ！　手ぇつないでるじゃん！」

クラスメイトたちとばったり遭遇した。

「げっ……」

咄嗟に身を硬直させるわたし＆楓。

完全に油断していた。いつの間にか下校時刻になっていたとは……。

「エ～？　なんでなんで？　どゆことどゆこと？？？」

女の子たちは、無邪気な笑みを浮かべてパタパタとこちらに駆け寄ってくる。

「ど、どうしよう楓……」

「仕方ありません。ちゃんと説明しましょう」

楓はそう言って、凜々しい笑顔で女の子たちに応対する。

わたしの手を、これ見よがしに握ったままでだ。

「皆さん、驚かせてごめんなさい。色々と事情がありまして……学校をサボって、ふたりで出かけていたんです」

「やっぱデートだこれぇ！」

「え待って！　うそっ！　情報量が多すぎるんだけど！」

「千秋ちゃん楓サマにフラれたって言ってたじゃん！」

「結局付き合い始めたってコト⁉」

「やっぱこーなったかー」

「えもーい」

好き放題言われている……。

げんなりとするわたしをよそに、

「ふふ、八隅くん、いきなりバレてしまいましたね……私たちの関係が」

楓はむしろ『スッキリ爽やか』と言わんばかりの満ち足りた表情。

わたしは小声で文句を言う。

「おい楓……どうするつもりなんだよ。みんな絶対『わたしたちが付き合ってる』って思いこんじゃってるぞ」

なんならフラれたわたしが諦めずにアタックを仕掛けて、ついに楓を口説き落とした——みたいに思われていそうなんだが！

「なにか問題がありますか？」

「問題だらけだろ……！」

盛り上がられたり茶化されたりすると恥ずかしいし！

微笑ましく見守られるのもくすぐったいしっ！

「だいたいだな……いまの『両想い状態』は一時的なものでしかないんだぞ……！」

どうするんだおまえ！　元に戻って、わたしへの恋心がなくなったら！

「そのときは……そうですね、お別れしたことにしましょうか」

「それだと、わたしが『楓サマの元カノ』になっちゃうだろ！」

ただでさえ八隅千秋ちゃんが可愛すぎて高嶺の花みたいになっているというのに、そんな称号が追加されちゃったら、めちゃくちゃ『新しい恋』が探しにくくなるじゃんか。

必死に訴えるわたしに、楓はあっさりと言い放つ。

「別に私は、在学中、交際している設定を継続してもいいですけど」

そりゃきみは恋愛なんかする気がないんだから、むしろ告白され難くなってメリット大きいんだろうけどさあ。

こっちはそーじゃねーし！

それに『楓とわたしが、結局付き合い始めた』っていう新たなカバーストーリーには、だ。

「特大の問題が残っているのは……もちろんわかってるよな？」

「なんの話です？」

わかってなかったんかい。

すぐにわかるだろうさ。

ほうら、遭遇してからずーっとフリーズしていたあいつが、ようやく動き始めた。

ようするに、わたしが心配していた問題ってのは――

「千秋！　楓！　あんたたちが付き合い始めたって、どういうコトよぉ～～～～～～～～～～～～～～～～～っ！」

この事態を、西新井メイにどう説明するのかってハナシである。

で――どうなったかというとだな。

さすがにそのまま立ち話をするわけにもいかず。

クラスメイトたちと別れたわたしたちは、駅近くの公園へと移動した。

もちろん憤るメイを伴ってだ。

「もうこのあたりでいいでしょ！　早く説明して！」

「公園で大声を出すなんて、非常識ですよ、メイ」

「非常識なのはあんたたちの関係よ！」

ビシィ！　と、メイはわたしたちに指を突きつけて、

「どういうことなわけっ⁉　あ、あんたたちが付き合ってる……って」

いやまったく本当に――メイからしたら意味わからんだろうな。

わたしとデートをして、ちょっぴり恋を育んで。

なのに一夜明けたら、わたしと楓が付き合っているというのだから。

しかもメイは、わたしたちが『血のつながったきょうだいである』と知っているわけで。

むちゃくちゃ混乱していることだろう。

「まず大きな誤解を解きたいんだが……わたしたちは付き合ってない」

「じゃあなんで仲良く手をつないで歩いてたのよ！　なんで学校サボってデートしてたのよ！」

ビシィ！　ビシィ！　と何度も指を突きつけてくるメイ。

もっともな疑問なのだが。

「ううむ……実に……答えにくいな」

だって——仲良く手をつないでいた理由も、学校をサボってデートをしていた理由も。

楓にちんちんが生えちゃって、それを治療するために必要な行為だった——

正直に答えるとこうなるんだもん。

とてもメイには言えねーわ。

さあどうしよう。

わたしが迷っているうちに、楓がメイの前に進み出た。

「実は私……いま、メイに大きな隠し事をしているんです」

「！」

はっと目を見開くメイ。

お、おい楓……まさか、ここで明かすつもりか？

「ですが、その隠し事を……ここで、すべて打ち明けるつもりはありません」

「……どうして？」

「とてもとてもとてもとてもとてもとてもとてもとても……ッ」

クールな口調のまま、めっちゃくちゃタメて、

「言いたくないからです」

「……そ、そう」

そりゃあメイだって、及び腰のリアクションになるだろうよ。

楓の本心が滲み出るような言い方だったもの。

楓はそこで、こほんと咳ばらいをしてから、

「ですから、私が辛うじて言える範囲で伝えます」

「わかった」

怒りと困惑で満たされていたメイも、いまの一幕で冷静になったらしい。

「覚悟して聞くわ——言って、楓」

そう促した。

楓はうなずき、

「私は……いま、夕子姉さんの邪悪な実験に巻き込まれて……病気、のような状態なんです。その治療のために、不本意ながら八隅くんと……このような行為をしています」

「？？？？」

シリアスな雰囲気で聞いていたメイだったが、話の途中で意味不明になったらしい。

「ん……えっ、と」

こてんと首をかしげている。

「前半はまぁ、わかったんだけど、さ。ゆー姉のいつもの迷惑実験に巻き込まれたんだ――って」

「はい、メイならすぐにわかってくれると信じていました」

一緒に巻き込まれたことだって、何度もあったものな。

中学時代にあった〝不老不死〟やら〝人体改良〟やら。

奇想天外な実験の数々は、我々生徒会の面々に、まるで劇場映画のような大冒険を巻き起こしたものである。それこそ今回の〝性転換〟に匹敵する大騒動だ。

だからメイも、夕子姉さんの仕業なのだと聞けば、一定の理解を示してくれる。

「で、その実験で、楓は『病気っぽい状態』になっちゃったって？」

「そのとおりです」

「わからないのは、なーんでそれで、千秋とデートしなくちゃいけないの～ってトコロよ！」

メイは楓の両肩をつかんでガクガクと揺さぶる。

追及がいちいちごもっともすぎて、返す言葉がなんにもない！

なのに楓は、クールに一言。

「治療のためです」

「まったく意味がわからないんだけど！　せめて具体的な病気の内容くらい教えなさいよ！　じゃなきゃ納得できないわ！」

本当にこいつ、まっとうな意見しか言わないな。

しかし楓の回答は――

「絶対に言えません」

ですよね。

ちんちんが生えてしまって、八隅千秋に恋してしまって。

治療のために恋愛データを集めている――なんて、言えるはずもない。

「あたしにも言えないってコト？」

「メイにだからこそ言えません」

「……じゃあどうすんのよ」

「どうしようもありません」

楓は肩をつかまれたまま、そう言って肩をすくめた。

「納得できないのはわかりますが……私たちのことは、放っておいてください。あと近いです。そろそろ離してください」

楓の（おそらくはわりと切実な）クレームは、いまいちメイには響かなかったようで。

彼女は、さらに楓に顔を近づけて、追及を続行する。

「その治療……だっけ？　どのくらいかかりそうなの？」

「わかりません」

「治るまで、今後も千秋とデートしたり、デートしたりするってこと？」

「そうです。……毎日デートしたり、一緒にお昼寝したりします」

「そこまでするとは言ってないぞ！」

びくっと驚くわたしをよそに、

「ちょっと前まで、千秋は、『新しい恋』を探すって張り切ってたわけだけど！」

メイは全力追及モードに入った。具体的に言うと、楓を両手で拘束したまま、さらにさらに楓に顔を近づけた。額と額がくっつきそうなほど。

……いや、マズいんじゃないの？　あの体勢……。

楓の顔が段々と赤くなっていって……。

例の秘密兵器『てっぺきくん』がなければ、たぶんもうメイにバレていたところだぞ。

「まさか楓が千秋と付き合うつもりじゃないでしょうね！」

「きょ、きょうだいで付き合うなんて、あり得ないでしょう？」

「そうよね？　あくまで病気の治療のためにやってるってだけよね？」

「もちろんそうです」

「ほっ、楓がまともでよかったあ～～～～～～～～～～～～～～～～～～～～～～っ！」

大きい胸を撫で下ろしたメイは、そこで楓に、いつも通りの行動をした。

幼馴染で、超仲良しの女の子ふたりが、いままでごくごく普通にやっていたことをした。

すなわち。

正面から、むぎゅーっと抱き着いたのだ。

「め、め、メイ……？　は、離れてください！」

「？　なに慌ててるの？」

「そっ、それは……！　ふあっ――ちょっ、ほんとにやめ……！」

いみじくもふたりの体勢は、今朝のわたしたちが、ベッドの中でしていたものとよく似ていた。

楓は、メイの、わたしよりもさらに大きな胸に抱かれ、窒息しそうになっている。

「ふぐぅ……っ……」

辛うじて見える耳が、燃え上がりそうなくらい赤い。

なんだあの体勢、超羨ましい――なんて言っている場合じゃない！

早くなんとかしなければと駆け寄るが、そこで、

「いたっ」

「え？　なに？　どしたの楓？」

「だ、だいじょ……いたっ、いたたっ」

事態は思わぬ展開へと転がっていく。

急に痛みを訴えた楓に戸惑い、身体を離すメイ。

でもって、とうの楓はといえば……。


「いたっ！　いたたたたたた！　いたたたたたたたた！」


激痛に泣き叫んでいた。

内股になって、両手で股間を押さえて。

普段は一切動揺しない、絶対に狼狽えない、クールビューティな八隅楓。

そんな自慢の妹に、こんな表現を使いたくはないのだが……。

ちょうど——小学校低学年くらいのクソガキが、好奇心にやられて。

クリップでちんちんを挟んじゃったときのような感じであった。

「ひぃっ！　ひぃぃっ……！　もげる！　もげるぅ！」

もうほんとかっこ悪い。

百年の恋も冷めそうな姿——だけどそのぶん、ありありと痛みが想像できた。

「ふっ、ふっ、ふ——……っ……ハア……ハア……っぅ〜〜〜〜〜〜！」

い、こうなるよな。

わかるよ……。

だって、きっと男ならみんな一度はやらかしたことのある状況だから。

ぎょぇぇぇぇぇぇ！　ってなった恥ずかしい記憶を、みんな持っているはずだから！

かくいうわたしも、クソガキ時代の激痛がフラッシュバックして、

「ふぇぇ………」

スカートの前を押さえてしまう。可愛い美少女ボイスを漏らしながらだ。

まったく事情を知らないメイが、取り乱してわたしに詰め寄る。

「ち、千秋！　楓が！　楓がぁっ！　こっ——これが例の病気ってこと⁉　いったいなにが起こってるのよ！」

「そんなのわたしが聞きたいよ！　なんとなく察しは付くけども！」

おまえがデカいおっぱいで顔挟んだのが原因で『てっぺきくん』に障害が——

って言えるかバカもの！

とかなんとかやってるうちに、さらに事態は悪化していく。

楓はいま、スカートの下にジャージを穿いているのだが、

「ちょ、ちょっと千秋……なんか、楓の下半身あたりから……けむり出てない？」

「楓！　脱げ！　脱げ脱げ！　下を全部っ！　早く！」

「できるわけないでしょうそんなこと……！」

「こうなったらもうしょうがないだろ！　夕子姉さんの作ったものだぞ！　爆発したらどうする！　幸い周りに誰もいないから！」

「きみとメイがいるじゃないですか！」

「んなこと言ってる場合かアホぉ！　見られるのがイヤなら目ぇつむっててやるよ！」

「イヤですイヤです！　ぜっったいイヤです！　ちょっ……ほんとに脱がそうとしないでください！　えっちっ！　**外**なんですよ！」

「くそっ手伝えメイ！　楓のぱんつを脱がすんだ！」

「うえええええええええええええええ!?」

とんでもない混沌の中――

「なぁんでこうなるんですかぁ～～ッ！」

可哀(かわい)そうすぎる楓(かえで)の泣き声が、駅前の公園に響き渡った。
むろんそれは、メイに例の件を知られるということでもあり……。
もはや恒例となった『楓(かえで)の秘密を知ったもの』の大絶叫が続いたのである。

4章

で。

で。

で！

「……か、楓に……あ、あんな……嘘でしょ……？」

『楓の秘密の目撃者』となったメイは、哀れこーなってしまったわけだ。

完全に放心状態である。

以前のわたしや夕子姉さんとまったく同じ状態だな。

現在地は、八隅家一階のリビング。

メイはソファに座って、ぐったり天を仰いで放心中。

楓は、自室に引きこもり中でここにはいない。

夕子姉さんは、床にしゃがんで、楓がぶっ壊したタコ型マシン『受信機弐号』を修理中だ。

そしてわたしはといえば、

「……どうしたもんかな、これ」

立ち尽くしたまま困っている。

あの後。

騒動の現場に、正気の人間がわたししかいなくなってしまったもんだから、夕子姉さんに連絡して車で迎えに来てもらったのだ。

衝撃のあまり限りなくゾンビに近い存在となっていた美少女ふたりを、なんとかかんとか家に入れて。

そんでいまに至る。

道中、メイには一通りすべての事情を説明したのだが——

「あれ……どうして夢から覚めないの……？　あはは、早く起きて学校に行かなきゃ……」

あの様子では、果たしてどこまで伝わったものやら。

メイは、もう少し落ち着くまで待つとして。

ただでさえ込み入った状況なんだ。

いまのうちに、もうひとつの緊急案件を片付けておくとしよう。

「夕子姉さん」

「……………」

「夕子姉さん！」

「なんだよ千秋ぃ……あとちょっとで弐号の修理が終わりそうなんだがー」

「そんな場合じゃないだろ！　楓——本当に大丈夫なのか⁉」

「ったくぅ、何度同じ質問をするつもりだ？」

夕子姉さんは、作業の手を止め、おっくうそうに顔を上げた。

「楓（かえで）に外傷はないよ。精神的なショックが大きくて寝込んでしまったがな」

「だって、尋常な痛がりようじゃなかったぞ⁉」

なんとかかんとか下を脱がしたあとも、楓（かえで）は、公園の地面を転がって苦しんでいたし。

「姉さんが作ったぱんつが故障して、楓（かえで）の局部をもぎ取ろうとしていたんじゃないのか⁉」

「このワタシが、そんなミスをするわけないだろ！」

「じゃあ仕様だってこと⁉」

「楓（かえで）がこの前みたいに暴走するのを防ぐセーフティ装置を付けておいたのだ」

「セーフティ装置だとぉ……？」

「フム、どうやら、ぴんと来ていないようだな……」

そんなわたしに、夕子（ゆうこ）姉さんは、わかりやすいたとえを挙げてくれた。

「孫悟空が頭に着けている緊箍児（金の輪）のようなものだ」

「ウワアアアアアアアアアアアアアアアアアアアア！」

たまらず股間を押さえてしまう。

『悪いこと』をするときつぅ～く締まる金の輪っかが、いまは亡（な）き大切な棒に嵌（は）められているところを想像してしまったわたしは、真っ青になって震えあがった。

「悪魔……っ！　そんな呪いのぱんつを妹に穿かせるなどと……！」

「女の子に被害を与えたり、秘密がバレたりしないようにというお姉ちゃん心でだな」

「そのせいでメイにバレちゃったんだが！」

「そ、それはそう」

反省しとるよ？　とばかりに、しょんぼりした顔を見せる夕子姉さん。

許さんけど。

「いくらなんでもやりすぎだ。いくらセーフティ装置だからって、あんな激イタ設定にすることないじゃないか」

「イヤイヤ、そこがよくわからんのだって。『てっぺきくん』のセーフティ装置は、装着者が怪我しない程度のダメージしか与えないはずなんだがな？」

「嘘だ！　あの楓があんなんなっちゃうほどの痛みが！　そんなわけないだろ！」

「でも実際、楓は怪我してなかったじゃないか」

む、むう……。

「『怪我しない程度のダメージ』って、具体的にどのくらいなんだよ？」

「超非力なワタシが、プラスチックバットを片手でフルスイングするくらいの威力」

「いってえええええええええええええええええええええええええええええええわ！」

そりゃ楓だろうと悶絶するよ。

「え、えぇ……？　そんなに痛いの？　か弱いワタシの細腕ぞ？」

「人体の急所だから！　ハイタッチ程度の威力でも直撃すると無理だから！」

「棒部分にはギュッと締め上げる程度で、さしてダメージは与えないんだぞ？　むしろ股間全体への衝撃がメインなんだが？」

ぐわあああああああ！

痛い痛い痛い痛い！　聞いてるだけで超痛い！

「ちんちんの真の急所は棒部分じゃないんだわ……自転車のサドルに座り損ねただけで呼吸できなくなるのに、それを……」

「わ、悪かった。お姉ちゃん、ちんちんないから、そういうのわからなくて……」

珍しく涙目になって謝ってくる。

どうやら本気で申し訳なく思っているようであった。

ほんのちょっぴり頭が冷えて、客観的に場を見られるようになってきたが。

相変わらず、とんでもねえ会話をしているな我々。

そこで——

「……本当なのね、さっきの話」

メイが背後から声をかけてきた。

振り向くと、彼女は依然としてソファにぐったりと腰かけたまま、こちらを見ている。

二日酔いの朝みたいな顔色と声だ。

「……千秋だけじゃなくて、楓まで…………あんな状態になって……悩んでたなんて。……あたし、知らなかった」

「メイが気にすることはまったくないぞー。だって秘密にしてたんだからな」

と、夕子姉さんがメイを慰める。

「元凶であるゆー姉が言うことじゃないでしょ」

ほんとそれな。

「あー……ようやく頭が回ってきた」

メイは掌底で、こめかみのあたりをトントン叩き、

「よし！　今度こそ、事情はぜんぶわかったわ！　念のために聞くけれど——もうこれでぜんぶよね？　他に隠し事とかないわよね？」

「当事者全体に共有している情報はこれで全部だぞ」

夕子姉さんは、そんなふうに回答した。

嘘は言っていない。つまり、わたしが夕子姉さんに口止めしている諸々を除いて、メイにはすべての事情を伝えたということだ。

「念のためにおさらいさせて」

すっかり復活したメイは、元生徒会副会長らしい理知的な口調で言う。

「ひとつ。千秋と楓は、楓に症状が出ている間だけ、つまりいまだけは……両想いになっている」

「そうだ」

と、わたし。

ほんとは、ちんちんのない楓にもときめいてしまうわけだが。

それは秘密なのでメイには教えない。

「ふたつ。楓を元に戻すために、千秋と楓とで恋愛データを集めていた。あたしたちが目撃したのはその一環で行われていたデートだった」

「そのとおりだ」

「みっつ。恋愛データを集めるために、千秋と楓とゆー姉には、恋愛感情を測るセンサーが付いてる」

「ちょっと違う。付いてるんじゃなくて、知らんうちに埋め込まれていたんだ……」

「埋め込まれ……⁉ ゆ、ゆー姉！」

「めんどいから、あとでいっぺんに怒ってくれ」

「他にもあるってこと⁉ あたしが怒るようなことが！」

あると思う。なんなら、わたしがまだ知らされてないことだってあると思う。

この人、平気でそういうことするもの。

「……じゃあ、いったんそれは後回しにして結論だけ言うわね」

いつの間にやらメイは、座ったまま脚を組み、エロ偉そうなポーズになっている。

「楓の件、あたしも協力する」

「えっ、本当？」

「なーに驚いてるのよ千秋。当たり前じゃない。楓は、あたしに知られたくなくて黙ってたみたいだけど、こうして知っちゃったわけだし。なら、いくらでも協力するわよ」

楓はあたしの親友だから——と、片目をつむって彼女は結ぶ。

「めちゃくちゃ助かる！　学校でのフォローとか、ふたりでやれるならかなり違うだろうし！」

「まっかせて。で、その——恋愛データ？　集めるの、あたしも手伝うから」

「え？　そっちも？」

「うん、だからね」

　にっこり笑顔で、

「あたしにもセンサー付けなさい。そんで、いままで計測してたデータをあたしにも見せなさい」

「なんでそうなるの⁉」

　目を丸くするわたしだったが、夕子姉さんはまったく動じていない。

「わはは！　メイならば、きっとそう言うだろうと思っていたぞ！　もちろんいいとも！　実験体が増えるのは大歓迎だっ！」

「あっそ、じゃあホラ、データ寄越して？　千秋がいつ誰にどのくらいときめいたのか──早く見せて」

「素人が見てもわからんだろうから、先におまえが知りたい部分だけ教えてやろう。──千秋は、おまえにわりと頻繁にときめいているぞ！」

「えっ、ほんとに⁉」

大喜びで笑顔を見せるメイ。一方わたしは真っ赤になって抗議する。

「夕子姉さん！　なんでそういうこと教えちゃうの！」

「面白いから」

「この……ッ！」

夕子姉さんにさらなるクレームを入れようとしたら、立ち上がったメイが割り込んでくる。

「きょうだい喧嘩は後にして！　で？　で？　つまり千秋は、あたしに恋してるってこと？

そうよね？　いまのってそういうことよね？」

メイはわたしの肩を両手で摑むや、派手な美貌をずずいと近づけ、超楽しそうに聞いてくる。

──あんたあたしのこと好きなの？　恋しているの？　そういうことなんでしょ？

そういうとこだよ〜〜〜〜〜〜〜〜〜！

そんなんやるから、ときめいちゃうんじゃん！

そりゃ楓だって、ぱんつのセーフティ発動させちゃうよ！

「どうなの千秋！　あたしのこと、恋愛対象として——好きなの？」

「……ちょっと……けっこう……好き」

「そうなんだぁ〜〜〜〜〜〜〜〜〜〜〜〜〜〜〜〜〜〜〜ん！　千秋がねぇ〜〜〜〜あたしのことをねぇ〜…………ふぅ〜……………ふへへ」

くそう……嬉しそうにしおって。

強大な弱みを握られてしまったぞ。

脳が茹だってくらくらしているわたしをよそに、狂喜乱舞するメイ。

そんな彼女に、夕子姉さんが一言。

「でも千秋、楓にはメイへの三〇〇〇倍くらいときめいてたぞ」

「えええええええええええ⁉」

「ワタシにも、めっちゃときめいてたぞ！」

「う、嘘でしょ……？」

ふらふらとわたしから離れ、愕然とするメイ。

こいつは本当に……騙されやすすぎるだろう。

「メイ信じるな！　そっちは嘘だから！」

「楓に三〇〇〇倍ときめいてたのは本当ってこと⁉」

「……う、うん」

「うううううう…………………！　うううううう…………！」

メイは、目をきつくつむって、しばしうめいていたが。

やがて彼女は、ぱんっ！　と、両手で自分の頬を叩く。

「ふ～ん、あっそう！　そういう感じね……はい、はい……わかったわよ！」

自分で自分を納得させるように呟いて、気を取り直したように——

「ゆー姉、その恋愛データを集めるってさ——……ようは、楓と千秋をドキドキときめかせればいいんでしょ？」

「おっ？　ふふふさてはおまえ～、なにかするつもりだな？　ほんとはメイにもセンサーを埋め込んでからにして欲しいんだが——ちょっと待て！　あと二十秒くらい！」

夕子姉さんは、会話中もずーっと修理を続けていたタコ型マシンを両手で持ち上げて、リビング中央にあるテーブルの上に置いた。

ヴン、と、タコの目が光を放つ。

「受信機弐号、修理完了だ！」

でもって実験開始だと言わんばかりのウキウキテンションで、

「なにをするつもりかわからんが、いつでもいいぞ、メイ！　この部屋で発生したいかなる恋愛感情も、この受信機弐号が余さず感知し、音を鳴らして知らしめるであろう！」

「うーん……このお膳立てされた感じ……とうてい恋バナするような雰囲気じゃないんだけど、この際しょうがないわ」

メイはあきれ顔でため息をひとつ。

それからわたしの手を取って、両手で包み込むように握った。

もちろんわたしはドギマギし、

「な、なんだよ」

ぴぴ、とセンサーが音を鳴らす。

夕子(ゆうこ)姉さんとの実験ではわからなかったが。

こうして自分の恋心に正確に反応されるとなると、イヤなマシンだなこいつ。

恥じらうわたしにメイは言う。

「千秋(ちあき)が、楓(かえで)の身体(からだ)を戻そうとして……デートとか……色々してるってのはわかった」

「あ、あぁ……」

「その上で聞くけれど——……夢を諦めたわけじゃないんでしょ？」

「——もちろんだ」

はっきりと即答した。

わたしは『新しい恋』をしたい。

いや……言葉にならない複数の意図を込めて、こう言い直そう。

「わたしの夢は――ちゃんと恋をすることだ。叶えるとも、必ずな」

好きな人を作って、好きになってもらって、お互いにときめき合うような関係を築きたい。

そうしてデートをしたり、いちゃいちゃしたり、えっちなことだって……。

ふふふ、ふふふふふ――

夢を叶えて、理想のハッピーライフを送るのだ！

「幼馴染なら、よーく知っているだろう。わたしが野望を諦めたりしないことを」

「はいはい、そーだったわね」

メイは苦笑する。わたしもニヤリと笑みを浮かべ、

「むろん、楓の『問題』は最優先で解決してやりたいから――夢を叶えるのはその後だがな」

「そ。ならさ、そのときは――」

わたしの手を包んでいたメイの掌が、熱くなる。

至極あっさりと、まるでいつもの遊びに誘うように言う。

「男に戻って、あたしと付き合って」

「……え？」

あまりにも意表を突かれたせいか、この瞬間、センサーは反応しなかった。

「えへへ……言っとくけどね。恋を知らない千秋への協力とか、そういうのじゃないから」

「じゃ、じゃあ……なんだと言うんだ」

「初めて会った日から、ずっと、千秋のことが好き」

伝えるのが嬉しくてたまらない。

そんな顔で、彼女は――

「あたしの彼氏になってくださいっ」

あまりにもシンプルな告白だった。

普段のお気楽なノリはかけらもなくて、ムードもシチュエーションも至極平凡。

一切のごちゃごちゃが排された、真面目で直球なアプローチ。

漠らしい一撃が、至近距離でわたしの胸を貫いた。

「このくらいやれば、さすがのあんたにも伝わるでしょ？」

彼女らしく顔を近づけて、艶やかな唇をわたしの目前で動かして、

「あたしたちで、ちゃんと恋愛しましょう」

「…………………」

わたしは魂を抜かれたように、メイの顔を見つめていた。

上手く回転しない頭を必死に動かし考える。

ええと……ええっとっ……つまり、つまり……いまわたしが言われたのって。

——男に戻って、あたしと付き合って。

——男に戻って、

「なぁメイ？」

「なぁに、千秋？」

新婚のお嫁さんみたいに甘い声で問い返してくる。

わたしは大切なことを聞いた。

「メイの告白にオッケーしたら、わたしって男に戻らなくちゃだめなの？」

「当たり前じゃない」

「なんで？」

「彼氏が欲しいからに決まってるでしょ！」

突如キレはじめるメイ。

い、一秒前まで甘々な雰囲気だったのに……。

「彼女でもよくない？」

「いいわけねーでしょバカじゃないの！」

すげー剣幕。

「でも前に、女のわたしも好きって……」

「幼馴染としてはね。……いい？　あ、あたしはねっ？　……男の千秋に恋しているの」

彼女の目が、まっすぐわたしを見つめている。

「幼稚園の入園式で、初めて会った瞬間から、十二年間ずっと好きなの。砂場の前で、泥だらけになって……『よろしくね』って笑いかけてくれた男の子の顔を、昨日のことみたいに覚えてるの。ゆ、夢に見るたび……一目惚れをやり直してるの……っ！」

喋りながら、どんどん照れ臭くなってきたのだろう。

メイの顔が、際限なく赤くなっていく。

きっと、わたしの顔も。

男の八隅千秋に『恋している』と言ってくれた女の子は、初めてだったから。

「そりゃ姿は違っても、千秋は千秋だけど……あたしが一目惚れして、ずっと……生徒会とか、受験勉強とか、一緒にやってきて……何度も喧嘩して、そのたびに仲直りして。好きなところも、嫌なところも見せあって……そうやって、いつだって隣にいたのは、男の千秋だもん」

だから、と。

切実に、なのに穏やかに、メイは言う。

「幼馴染の、バカで素敵な男の子を彼氏にしたいの。そいつだけが……あたしの理想の恋人なんだから」

「…………………」

知らなかった。メイはわたしのことを、昔からずぅ〜っと……好き、だったんだ。

こんなに好きで、いてくれたんだ。

それで、いま、今回の事件をきっかけに、ずばっとかっこよく告白してくれて。

――ぅ。

――ぅぅ〜〜〜〜〜〜〜〜〜〜〜〜〜〜〜〜〜〜〜〜〜〜〜〜〜っ。

一切声を発さずとも、恋を知らせる音色が鳴り響いて、わたしの心を暴露する。

「な、なにドキドキしてんのよ……」

それによって、メイの心はさらに乱れ、全身が嬉しさと羞恥の色に染まっていく。

世界に、わたしたちだけしかいないような錯覚があった。

停止した世界を動かしたのは、照れ隠しのようなメイの一言。

「とっ、とにかくっ！　そういうわけっ！　……文句ある？」

「……ない」

そうか……。そうだよな。

メイもわたしと同じなのだ。

自分だけの夢があって、理想の恋があって。

そのために行動している。

全力で。

そして光栄にも、わたしを相手に選んでくれた。

文句なんてあるはずもない。

だからこそ。

ちゃんと話をしなければ、と、思った。

「わたしは……生まれてからいままでずっと、恋をしたことがなかったんだ。恋に憧れてはいたけれど……胸がときめいたことなんて、一度だってなかった。すぐそばに魅力的な異性がたくさんいたのに……大人っぽくて色っぽい幼馴染にも、超かっこよくて綺麗な妹にも——恋をすることはなかった」

だけど。

「こうして女になって……初めて恋ができたんだ」

楓にときめいて。メイにときめいて。女子にチヤホヤされると超嬉しい。

ドキドキわくわくして、最高の気分になった。

大変な騒動の日々だけど、そんなの帳消しになるくらい——楽しかったんだ。

「なんでこうなった途端、恋ができるようになったのか……よくわからないけどさ。——美少女にしてくれてありがとうって、元凶にお礼を言いたいくらいだよ」

「どういたしましてっ」

うるせえ。

「だからさ……だから……」

いまわたしは、似合わんことを言おうとしている。

だけど、あれほど誠実に想いを伝えてくれたメイに、ごまかすようなことは言えない。

「わたしは、男に戻るのが怖いんだ」

「…………」

メイの瞳が、大きくなる。

告白した相手の情けない台詞に、幻滅しているのかもしれない。

構わず口を動かした。いまも高鳴る左胸を意識して、

「このときめきが、なくなっちゃうかもしれないだろ」

「……千秋」

「せっかく恋ができたのに、リセットされちゃうかもしれないだろ」

ぐすっ、と、涙が溢れてくる。

なんて弱々しい精神だろう。

弱体化にもほどがある。

ああ、嫌だ、嫌だ。

でも、恋心を喪うよりはマシだ。せっかく叶えた夢を手放すよりはずーっとマシだ。

「だから男には戻らない。……戻りたくない」

言い切って、目を伏せた。

たった数秒、本音を漏らしただけで……心は弱り、しょぼくれてしまう。

鳴り響いていた音が消え、部屋に静寂が満ちる。

そこで、

「なぁんだ、そんなこと？」

あっけらかんとした声が、俯いたわたしの頭上から降ってきた。

続いて、顔全体が柔らかなものに包まれる感触。

「大丈夫よ、千秋。……安心して、そんな不安……すぐに消してあげる」

「……え」

ちょ、これ、この体勢って……。

「約束したじゃない。あたしが、あんたに恋を教えてあげる……って」

ぎゅーっ、と、メイに強く抱きしめられて、顔を胸に埋められて。

優しい声を間近で聞いた。

「安心して男に戻りなさい。絶対、あんたにもう一度……」

「恋させてみせるから」

「………………………………………………………………………………」

自信満々に放たれた宣言には、説得力があった。

わたしの決意を、一撃でひっくり返すほどの破壊力が秘められていた。

止まっていた恋の音色がけたたましく鳴り響き、わたしの内心を赤裸々に暴露していた。

あまりにくすぐったくて、恥ずかしくて。

余計なことを聞いてしまう。

「………嫌じゃ、ないの？」

「なにが？」

「その……こうやって……抱きしめるの。まだ、付き合っても……ないのに」

「ぜんぜんヤじゃないよ。あたし胸、自信あるもん」

なのに頭上から聞こえてくる声に嘘はなく、響きは包み込むように優しくて。

「あんたがドキドキしてくれてるなら…………嬉しい」

「…………女神かよぉ」

あぁぁぁ……心臓の音とアラームが混ざり合って、急激にわけがわからなくなってきた。

いまの内心を正確に言い表すなら——

ふぁぁぁぁ〜〜〜〜〜〜〜〜〜〜〜〜〜〜〜〜〜〜〜〜〜〜〜〜〜！

好き！

どあほうな感想でまことに申し訳ない……！

実際、わたしの脳内は、そんな感じになっちまっていた。

冷静さのかけらも残っちゃいなかった。

顔とか頬とか耳とか、余さず真っ赤っかになっていることであろう……。

「千秋……男に戻って、あたしと付き合うわよね？」

「……………………う、うぅ……」

即答しなかったわたしの精神力を、誰か褒めて欲しい。

いまわたし、冗談抜きに究極のハニトラを喰らわされていると思う。

こんなの、あらがえるわけないじゃん。

ふにゃふにゃにとろけきったわたしが、男に戻ることを承諾するまで、あと十秒もかからないだろう。

と、そのとき。

恋愛センサーのアラームが高らかに鳴り響く中――


ゴン！


という大きな音が、甘い空気をかき消した。

何事かとメイの胸から顔を引き抜いたわたしが見たものは、吹き飛んだ緑のタコが、リビングの壁に叩き付けられて、ひっくり返るところだった。

「あ〜〜〜〜〜〜〜〜〜〜〜〜〜〜〜っ！　受信機弐号！」

修理したばかりのメカを再びぶっ壊された夕子姉さんは、半泣きでタコに駆けよっていく。

タコが設置されていたテーブルのそばには、蹴りを放ち終えて残心する楓の姿。

呆然とするわたしたちの前で、彼女はゆっくりと蹴りの体勢から脚を戻し、

「なにをやっているんですか、いったい」

「こっちの台詞だ！」

これはわたしの台詞だが、楓以外の全員の声が揃っていたぞ。

「かっ、楓あんた……ショックで寝込んでいるんじゃなかったの？」

「寝ている場合じゃないので起きてきたんです。きっと大切な話し合いをするだろう、と。まったく……油断も隙もない」

楓は、ひょいっとわたしを抱き上げて、そのままソファに座った。

「ひゃ」

「なっ、な、な……」

驚きすぎて声も出ないわたしとメイに、楓は言う。

「誰にもあげませんよ。私のですから」

「か、楓おまえ、またしても……っ」

わたしがメイにときめくたびに現れて、わたしの情緒をめちゃくちゃにするようなことを！

楓に心をぐいっとされたわたしの身体を、今度はメイが両手で引き寄せる。

ソファに片膝を乗せている体勢になったメイは、

「は？　楓さあ……急に出てきてなに言ってんの？　体調悪いんなら寝てなさいよ。邪魔しないでくれない？」

「話が終われば部屋に戻ります。八隅くんは、私が先約済みなのに割り込んでこないでくださいという話をです」

「先約済みぃ～～～～～～～～？」

え？　え？　なにが起こっているの……？

超美少女ふたりが、わたしの頭越しに火花を散らし始めたんだが。

「あたしの千秋が、楓とどんな約束したっていうのよ！」

「お、おまえのものになった覚えはないぞっ！」

ちょっとやばかったのは認めるけども！

メイがそうやってマウントを取ろうとすると、楓はフッと嗤って、

「永久に浮気はしない――そう約束しました」

「永久になんて言ってない！」

楓が元の身体に戻るまでの間はって話だったろうが！

ちょっぴり頭が冷えてきて、ようやく状況が呑み込めてきたぞ。

いま、現在、この瞬間――

八隅千秋と八隅楓。

八隅千秋と西新井メイ。

どっちも両想いなのである。

もちろん交際しているわけではないので、わたしに一切の非はないッ！

責任逃れって言うな。だってほんとに責任ないじゃん！

で――晴れて『美少女ふたりに取り合いをされている』という夢のようなシチュエーションを体験しているわけなのだが！

望んでいたのはコレじゃないよ！

これ、どっちかというと少女マンガでよく見る、

『やめて！　わたしのために争わないで！』

というアレではないか？

「ったく……楓も見たでしょ？　千秋があたしに告白されて、真っ赤になって照れてたところを。あとちょっとでオッケーしてくれそうだったんですけどぉー」

「私は熱烈に告白されましたけど？」

「は⁉　千秋どういうこと！」

バッ！　とメイの視線が下がり、楓に抱っこされているわたしを見る。

「いや以前、両想い状態になってしまったときに！　楓が泣くから……わたしだって、おまえのことが好きになっちゃってるんだからって話をしたんだよ！」

決して妹を口説こうとしていたわけじゃないんだって！

「てか、さっきメイに事情説明したじゃん！」

「あんな軽く説明されただけで足りるわけないでしょ！　ちゃんと言っておきなさいよ！　そのとき千秋がどう思ったのかとかさあ〜！」

「具体的に言うわけないだろ恥ずかしい！」

逆の立場だったらできるのかよぉ！

「ワタシが当時のデータを見せながら解説しようか？」

「やめろや！」

大人しくタコを修理してろ。

なんだこのカオスな空間は……！

わたしが夢見たモテモテの『修羅場』とは、なんか違うよーな気がするんだが！

はァー……わたし、最近いっつもこんなんばっか！

次々に夢は叶うんだけど、コレじゃない！　なんか違う！　ってのばっか！

「メイも姉さんも、まったくわかっていませんね。恋というのは、理屈では測れないものなんです。数字で表すのが難しく、それでいてシンプルなものなんです」

「なんか語り始めおったコイツ」

「恋愛初心者のくせに……」

イラッとした目を楓に向ける我々。

楓は、まったく気にしていない様子。

わたしをソファで横抱きにしたまま、私の番だとばかりに。

超綺麗でカッコいい顔を、わたしの顔に近づけた。

「どう、ですか？」

頬は赤らみ、目はうるみ、唇は艶めいて。

きっとわたしの顔も、同じようになっているはずで。

「きみは、この顔が好きなんですよね」

恋の天秤がぐわんぐわんと揺らぐような幻が、ちかちかと目前でまたたいた。

「うん……ちょうすきぃ……♡」

即堕ちである。

いま、わたしの瞳は、ハートマークになってるかもしんない。

「だ、そうですよ——メイ？　ふふっ……」

「楓の顔、前の千秋とそっくりじゃない！」

「『だから好き』なんだそうです」

「きもっ！　いや、ないわー……うーわ、まじできも……楓、それ怒った方がいいって！」

ガチ忠告するじゃん……。

楓と修羅場中なのに……。

「メイは、男の八隅くんが好きなんでしょう？」

「そ、そうよ？」

「なら、この顔が好きってことですか？　恋愛的な意味で」

自分の顔を指さす楓。

メイは、数秒口ごもり、顔を赤くしながら、

「まぁ、好みだけど」

「見ているとドキドキしますか？」

「……するけど？　そ、それはしょうがないじゃない……好きな人と同じ顔なんだもん」

「親友を性的な目で見るなんて最低ですね」

「おまえじゃい！　自分が数分前まで寝込んでた理由を思い出しなさいよ！」

「あれは呪われていたからなので、もうあまり気にしないことにしました」

「建設的なスタンスで大変結構だけど、自分で言うことじゃないでしょ」

仲いいなこいつら。

と——わたしは、ぽわぽわした頭で眺めていることしかできない。

だって。

——『この顔が好きなんだろう？』

そうやって女の子に迫るのは、女性向きの創作に登場するスーパーイケメンの必殺技である。

第一王子とか騎士団長とかが、キラキラエフェクトをまき散らしながら、満を持してぶっ放す最終奥義なのである。

それを……よもやわたしが喰らう日が来るなんて。

しかも双子の妹から。

こ、こんなに破壊力抜群だとは……。

たぶんわたし、まだ瞳がハートマークから戻ってない。

「か、楓は……いったいどうしたいんだ……」

「どうしたい、とは？」

「わたしと、どうなりたい、い、い……んだよ」

きょうだいだから——絶対に付き合いたくない。

いまも、そう思っているんじゃないのか？

だったらどうして、こんな……。

まるでわたしに……恋のアプローチをするみたいな……。

「私は、八隅くんに……このままでいて欲しいだけです」

「このまま、って？」

「ふふ……こんな言い方じゃ、わからないですよね。では……」

楓は、ゆっくりと、わかりやすく、言う。

「いまの私は、いまの八隅くんに恋していて。いまの八隅くんは、いまの私に恋している。だけど、いずれ私が元の身体に戻ったなら、恋心は消え失せてしまう──」


「──という設定でした」


あっさりと、楓は、すべてをひっくり返す言葉を告げる。

彼女は、わたしを抱きながら、

「実は私、元の身体に戻っても、女の八隅くんに恋しているんです」

わたしの髪を撫でながら、

「元に戻ったら、きみへの恋がなくなるなんて──嘘なんです」

微笑みを浮かべる。

「だから、きみは、このままでいてください」

ひとつずつ、気持ちを、

「私が元の身体に戻っても、私のことを……好きなままでいてください」

想いを、

「きょうだいでは、恋人同士にはなれませんけれど――……」

要望を、

「ずっと、こんなふうに……過ごしたいです」

切実に、

「……私のために、夢を諦めてください」

伝えてくる。

「そうしてくれたなら、私の人生を、きみにあげます」

伝わった。

楓の気持ち、想い、要望、その切実さまで。

素肌の感触から、震える声から、潤む瞳から。

あらゆるすべてを通して、余さずわたしに伝わった。

「……だめ、ですか?」

魅了された精神に、さらにダメ押しの一撃を受けて。

わたしは――……

「はいすとっぷ」

かるーい声とともに、メイの片手がわたしの視界を覆い隠した。でもってもう一方の手で、わたしの頬をぷにっとツマみ——

「いだだだだだだだだだ！」

なっ——

「なにすんだぁ——ッ！」

跳ね起きて文句を言った。引っ張られた頬を手で押さえながら、

「わたしの美しい柔肌に、なんということを〜〜〜〜〜〜〜〜〜ッ！　万が一あとが残ったらどうしてくれる！」

「そんときゃあたしが責任取ってもらってあげるわよ」

「くっ……」

こいつまでイケメンな殺し文句を言いおって！

顔が熱くなるじゃないかくそッ！

「あのさあ……女の子になった千秋（ちあき）って、ちょろすぎない？」

「やかましい！」

わかっとるわ、んなことぉ！

「な、なんでいきなりわたしのホッペつねったし！」

「楓に流されそうになってたから、助けてあげたんじゃない」

あ。

そういえばわたし、いまのショックで正気に戻っている。

――あ、あぶねー。

おそるべし楓サマの〝魅了〟……。

もうちょっとで！　このわたしが！　夢を諦めてしまう選択をしていたかもしれん！

妹の魔性にあらためて慄くわたしの面前で、インキュバス（誤字ではない）もかくやの色香を漂わせている楓は、怜悧な視線をメイへと向けて、

「どういうつもりですか、メイ。私の邪魔をするなんて……」

「いや邪魔するに決まってるでしょ。というかあんた、さっきから自分を棚に上げすぎじゃない？　自分がどうやって登場したのか思い出してみなさいよ」

「記憶にありませんね、そんな大昔の話は」

「ああ言えばこう言うんだから……」

「…………………………………」

「…………………………………」

楓とメイは、黙り込んだ。

牽制するように視線をぶつけ合い、わたしをチラッと見て、再び視線をぶつけ合う。

これらを幾度かループしてから、

「……な、なんでわたしを見るんだ？」

怖いんだが。

圧に怯えて後退りするわたしの姿は、さぞや可愛かったことであろう。

そんなわたしに――

「千秋――男に戻って、あたしの彼氏になって」

「八隅くん――女の子のまま、私を好きでいてください」

メイと楓は、本気の顔で、熱烈に迫ってくる。

「う……うぅ……」

「千秋はあたしを選ぶでしょ？」

「いいえ……きみは、私を選びます」

「ぐ……ぐ、ぐ」

「さぁ……私とメイ、どちらを選ぶんですか？」

「千秋！　あたしよね？」

「ん～～～～～～～～～～～～～～～～～～」

真っ赤になって、目をきつくつむって、下唇を押し上げて。

わたしは全力で悩んだ。

——男に戻って、あたしの彼氏になって。

——女の子のまま、私を好きでいてください。

悩んで悩んで悩んで悩んで……頭から煙が出るほど真剣に考え込んで……。

「ほーら！　なに迷ってんのよ！」

「一番好きな人の名前を言うだけでいいんです」

「わたしの……一番……好きな人は……」

「『好きな人は⁉』」

「好きな人は――――」

「千秋ちゃんに決まってるだろ〜〜〜〜〜っ！」

わかり切った回答を叩きつけた。

「はあ⁉」

「なによそれっ！」

声を揃えて理解できないみたいな顔をするふたり。

腹を抱えて爆笑を押し殺している夕子姉さん。

そして。

「揃いもそろって自分の望みばっかり主張しやがってぇ～～～～～～～～～～～」

いまのいままで美少女ふたりにさんざんやられっぱなしだったわたしは、ヤケクソになって反撃の狼煙を上げた。

「わたしが一番好きな人は誰かだとぉ？　そんなの、わたしに決まっているだろが！」

堂々と美麗な胸を張って、半分泣きながら、ふたりに指を突きつける。

「わたしは、わたしが大好きなんだよ！」

「それがどうしたって言うんですか！」

「わたしはいつだって、わたしの望みをこそ最優先で叶えたい！　楓の言うように、恋人作りを諦めるつもりはない。メイの言うように、男に戻るつもりもない。わたしたちの望みはバラバラで、真っ向からぶつかり合っていて、同時に叶うことはない。だから――」

わたしは利き腕を横に薙ぎ払い、超カッコいい決めポーズとともに言い放つ。

「改めて宣言しよう！　わたしはわたしが恋する人と、いまのわたしのままで添い遂げてやるとなぁ！　おまえたちの言うことなんか、聞いてやらぁ～～～～～～ん！」

「へえ……」

「それで？　具体的にどうするつもりなんです？」

「フッ……方針はなにひとつ変わらない。引き続き『新しい恋』を探すとも」

「あたしのことが好きなのに？」

「私のことが好きなのに？」

クッ……！　ずるいぞ！　ふたりして弱点を突いてきおって！

怯んだわたしであったが、すぐさま立ち直って胸を張る。

「どんなに好きでも、条件が合わないやつと付き合ったりはしない！　しないったらしない！」

そうしなければ、わたしの夢は砕け散ってしまうのだからな。

「だが……もしもこのまま他に、わたしがときめくような、素晴らしい恋の相手が現れないようなら――そのときはやむをえん。わたしの魅力でおまえたちを虜にして、こう言わせてやろうじゃないか――千秋ちゃんのお望みどおりにいたしますとな！」

フハハハハッ！

我ながらめちゃくちゃカッコよくキマった……完っ壁な方針よ！

なのにわたしの決め台詞を聞いたふたりは、

「……ふぅん、そっちがその気なら、あたしもそうしよっかな」

「つまり……恋愛勝負、ということですか？」

しごく冷静に、わたしの発言を吟味していた。

「呆れました……本当にきみは、常識も倫理観もないんですね……」

ふぅ、と、ため息をつく楓。

「これだから名前も呼びたくなくなるんです。メイ、この愚かものの……どのあたりが好きなんですか？」

「うるさいわね！　人のこと言えないでしょ！　そういう楓はどうなの！」

「私は……女の子になった八隅くんの外見が好きなんです」

「……！」

絶句するメイ。

「見た目があまりにも好きすぎて……なぜか性格まで愛しく感じてしまうんです。……はあ、本当に悩ましい。この私が……どうしてこんな愚かものを……」

心底からのリアクションやめて。

傷つく。

わたしがやや怯んだのと同時に、メイと楓がずずいと近寄ってくる。

「ようするに――あんたをあたしにトコトン惚れさせて」

「いまよりもさらに、八隅くんの心を奪って」

「付き合いたいから男に戻る――って言わせればいいのよね」

「私の望みを叶えさせればいいんですね」

「ハッ、できるものならな！」

「きっと簡単ですよ」

「さっき、あとちょっとだったでしょ」

「ウッ……クッ……」

思い出させるなァ！　また顔が熱くなってくるじゃないか……！

「そ、そそそ、そんなことは……ないッ！」

「そ。なら、それはいいとして。恋愛勝負をするにあたって、参考までに聞いておきたいんだけど――」

「現時点で、あたしと楓、どっちが好きなの？」

「…………………………………」

「言えるはずですよね、八隅くん」

「うっ……うっ……うぅ……………」

「どうなの、千秋。千秋ちゃんの次、二番目に好きな子でいいからさ。……言ってみてよ」

「ううう〜〜〜〜〜〜〜〜〜〜〜〜〜〜〜〜〜〜〜〜っ！」

追い詰められたわたしは、目をきつくつむって歯を食いしばり……。

「……メイ、かな」

「エヘへ、そうよね〜〜〜〜〜〜♡」

ぱぁっと顔を輝かせるメイ。

一方楓は、ずーん、と、ショックを受けて、

「……どうして？」

「メイはわたしに、ちゃんと『付き合ってくれ』って……言ってくれたから」

「わ、私もちゃんと告白しましたっ」

確かに……告白する楓はめちゃくちゃカッコよくて。

わたしはメイに負けないくらい、楓にときめいていた。

が！

「現状維持がいいとか、そんな優柔不断な言い方…………不安になっちゃうよ」

「女の子みたいなこと言わないでくださいッ！」

「女の子だもん！」

だから女の子として言わせてもらうけども！

「楓の告白は……なんか、本音をぜんぶ言ってないような感じがした！」

「っ……そ、そんな……ことは……」

図星だったのか、苦悶する楓。

そこにわたしが、乙女の追撃を放つ。

目をうるうるさせて——

「……いくじなし」

「うぅ〜〜〜〜〜〜〜〜〜〜〜〜〜〜〜〜〜〜〜〜〜〜〜〜〜〜〜〜っ！」

効果は抜群だったようで、楓は強烈なボディブローを見舞われたかのように顔を伏せた。

「じゃあ……じゃあ……」

再び顔を上げたとき、楓の目は据わっていて……。

「じゃあ本音を言いますけどっ！」

気付けば綺麗な顔が、すぐ間近に迫っていて。

ようやくそこで気付いたんだ。

『追い込みすぎた』――と。

楓は、迫真の形相で言う。

「私は、きょうだいで恋愛なんて、絶対絶対絶対絶っ～～～～～～対！　したくないんです！」

「そ、それは知って」

「だけど大好きなきみと付き合いたいという気持ちがあって！　どんどん大きくなってきて！　抑えきれなくなりそうで！　倫理観と恋愛感情とがぶつかり合っていて！　自分でもわけがわからなくなりそうで！　だから――」

楓はわたしの襟首をつかんで、切実に訴える。

「せめて、いまのままで……って」

目と目で、通じ合うような感覚があった。

楓の想いが視線を通じて、わたしに伝染していくような。

「……私の本音を暴き出して、これで満足ですか？」

「……あっ、あ……あ」

胸の中で激情が渦巻いていて、返事なんてできなかった。

致死量の恋愛感情を叩き込まれて、両目がぐるぐる回っている。

なのに楓は配慮なんてしてはくれず、

「言っておきますけど私、もしもきみと恋人同士になったら、一日二十回えっちしますから」

「にじゅっかい⁉」

巨大な爆弾を投下してくるのだ。

わたしだけでなく、メイと夕子(ゆうこ)姉さんも目玉が飛び出そうな顔で絶句している。

そんな中、楓(かえで)だけがヤケクソ混じりの涼しい顔で、

「なにか問題が？　構いませんよね、恋人同士なら」

「死んじゃうぅ……」

涙出てきた。

なんでわたし、双子の妹とこんなとんでもない会話を……。

「さあ……私は本音をすべて言いました。答えは変わりましたよね」

「えっ？」

「メイよりも、私の方が好きになったでしょう？」

「なっ……な……」

わたしは赤熱した頭でたたらを踏んで、

「なるわけないだろバカァ〜〜〜〜〜〜〜〜〜〜〜〜〜〜〜！」

半泣きで逃走したのである。

後ろ手に扉を閉めて、ばくばく脈打つ心臓を手で押さえて。

両手で頬に触れる。

「……楓のえっち」

恋の熱はいつまでも、引くことはなかった。

リビングから逃げ出した後、部屋でふて寝していたら、ノックの音で起こされた。

扉を開けると、無感情にこちらを見る楓がそこに。

「メイはもう帰りました」

「そ、そう」

やば。

超気まずいんだけど。

「口では文句ばかり言いながら……すごーく嬉しそうにしていましたよ。……ふふ、よかったですね、両想いで」

めッ……ちゃ不機嫌そうに言いおる。

「それをわざわざ伝えにきてくれたわけ？」

「いいえ――」

楓はクールな声で否定してから、自分のスカートを指でぺろっとめくる。

「ちょっ、いきなりなにを！」

咄嗟に両手で自分の目をふさぐわたしだったが、指の隙間から見えた光景は、予想とは違うものだった。

楓は、運動用のアンダースコートを穿いていて――

「ああっ！　ちんちんがなくなってるっ！」

ストレスで〝症状〟が超悪化して、消えなくなっていたはずなのに……！

「破廉恥な単語を大声で言わないでくださいっ！」

楓は、羞恥の顔でわたしを叱責してから、取り繕うように表情を消して、スカートをつまんでいた指を離す。

「……しばらく再発しないそうです。よほど強い刺激を受けない限り」

「姉さんが、なにか治療をしてくれたってこと？」

さっきのやり取りで、データが集まったのだとしても……早くない？

「いいえ、なにもしていません」

「なんもしてないのになんで改善されたんだ？」

「心当たりはあります」

ぴ、と、楓はわたしの顔を指さした。

「わ、わたし？」

「だって私のこと、メイよりも好きじゃないんでしょう？　恋心が減ったんじゃないですか？　知りませんけど」

「……そんなことある？」

　恋心が深く関係している――とは聞いていたけれど。

「だから知りませんと言っているでしょう」

「まあそうだな」

　この現象の不条理さは、元凶譲りだ。素人が考えたって仕方がないだろう。

「状況がよくなったんだから、よしとしておこう」

「よくなったんですか、状況？」

「よくなっただろう。あんなに嫌がっていたじゃないか」

「…………」

　楓は、意味深に黙ってしまう。

　なんだってんだよ……。

　もちろん、もう二度と再発しないという保証はない。

　……なんとなく大絶叫とともに復活するフリのような気さえする。

　楓が安心して生活できるようになるのは、まだまだ先になりそうだ。

「なんだか反応が軽いんですね？　初恋の相手である私に、嫌われてしまったというのに」

こういうこと自分で言うからなこの女。

つーか、なんで被害者っぽい態度なわけ？

おかしくない？

だって今日のメイと楓を比べてさぁ〜。

楓を選べる女の子おる⁉

よほどの聖母か豪傑じゃなけりゃ、『楓の方が好きです』とはならんでしょ。

色々……あやうい問題もあるわけだし。

わたしは、むすっと頬を膨らませて、

「理不尽じゃないか？　無理やり聞き出したくせに……こっちが悪いみたいにさ」

「……だから……そういう私のことが、嫌いなんでしょう？」

やめてくれよ……その哀しそうな顔はわたしに効く。

「嫌いじゃないって」

「嘘です……きみは、もう、私のこと、好きじゃないんでしょう？」

困惑するわたしの面前で、

「だって……だって……っ」

きっと世界で一番美しいだろう顔が、涙をこぼす。

「きみは……元の身体に戻ったわたしには……もう、恋をしていない」

「あ……っ」

そうだよ……バカかわたしは。

楓はいまも『その設定』を信じていたんだったな……。

「あの、さ。言ってたよな……元の身体に戻っても、わたしのことが好きなままなんだって」

「それが……どうしたん……ですか？」

弱々しく問い返すその姿は、あまりにも……はかなく可憐で。

このわたしを即堕ちさせるほどの魔性っぷりは、影も形も見当たらない。

「楓」

「な、なんですか？」

「実は、わたしもなんだ」

「え？」

「おまえがわたしに『もう恋心なんてない』って嘘をついたとき、わたしも嘘をついてたんだ」

――偽りの恋心はっ、すべてなくなりましたから！

――いまのおまえのことなんか、ちっとも好きではなぁい！


目をぱちぱちとしている楓に、わたしは全力の笑顔を向けて、

「いまこの、い、い、いまこのときも、わたしは楓に恋してるってこと」

「なぁ……っ」

そう、これだけは言っておかないと。

我が生涯の宿敵に対して、フェアじゃない。

「だが！」

わたしは、べーっと舌を出して、

「もちろん双子の妹となんて、ぜ〜〜〜ったいにぃっ！　付き合うつもりはないけどな！」

「わ、私だってっ！　双子同士で付き合うなんてありえません！」

本音とナニカが混在した応酬をする。

妹の涙はようやく止まり、代わりに不敵な笑みが取って代わる。

「ありえません、けど……」

楓は、とびきりの〝魅了〟を乗せて――

「きみの一番になってみせます」

「やってみろ。できるものならなっ」

わたしは超可愛い小悪魔の笑みで。

ゆっくりと扉を閉めたのである。

エピローグ

なぁんて……余裕ぶった小悪魔ムーブをしてみたが。

「やべー……わたしの恋愛……もはや収集がつかなくなってきているような気がする」

わたしは、妹に恋していて。

幼馴染にも恋していて。

幼馴染は、男のわたしに恋していて。

妹は、女の子になったわたしに恋していて。

きょうだいで付き合うなんて絶対イヤだと思っていて。

「んんんんん……！」

なんなんだ、この甘く切ない気持ちはぁ！

ま～～～～～～～～ったく問題が解決できる気がしない。

自室でうだうだ悩んでいると、スマホに着信が入った。

画面に表示された名は、八隅夕子。

「あー……姉さん？　なんでわざわざ電話？」

同じ家にいるのに。

耳に当てたスマホから、こんな返事が戻ってくる。

『千秋、すぐワタシの部屋にこ～いっ♪』

「うっわ超楽しそうな声」

嫌な予感がするなあ……。

「なんだってんだよ……」

文句を言いつつ、夕子姉さんの部屋へと向かう。

一歩踏み出すごとに嫌な予感が膨れ上がっていくが、どうせ逃げ切れるわけもない。

『あのな、ワタシな、おまえたちの恋模様をじーっと間近で観察していただろ?』

「修羅場の中、ずーっと目をきらきら輝かせていたよな。それがどうかしたの?」

『恋愛データがたっぷり集まったから、その成果を見せてやろうと思って』

「というと、楓を完全に元に戻せるようになった……とか?」

『……それはもうちょいかかりそう。──じゃなくてな。んー、どっから話せばいいかな……えとね、ワタシ、千秋と恋愛してやってもいいぞーってゆったじゃん?』

「言ったな」

恋愛実験をしたけれども、カケラもときめかなかったアレである。

『それで思ったのだよな。もしかしたら……千秋って、こんなに可憐で可愛い夕子お姉ちゃんなのに、恋愛対象外なんじゃないかなぁって』

「もしかしたらもなにも、ずっとそう言ってたつもりなんだが」

『でもワタシって、ちょー可愛いじゃん? めっちゃ千秋と仲良しじゃん? 甲斐性たっぷり、大人の魅力むんむんのお姉ちゃんじゃん? なのに、なんでなのかなって』

「好みじゃないもん。ときめかないもん」

『むかー』

夕子姉さんはそこで一拍置いて、

『てかおまえ、ワタシが恋愛対象外な理由を聞いてさァー、返事が「好みじゃないから」なのって、どうなん？』

「どうなのって……」

どういう意味さ。

『観察してて改めて思ったんだけども……千秋って、自分をときめかせてくれさえすれば、どんな相手でもいいと思っとるよね？　年の差とか性別とか人種とか、ぜーんぶどうでもいいと思っとるよね？』

「宇宙人でも未来人でも妖怪でも天使でも悪魔でもなんでもいいと思っているぞ」

ときめく相手と恋をしたい。

好きになった相手と恋をしたい。

いまの姿のままで華々しい青春の日々を送りたい。

それがわたしの望みなんだから。

『血がつながってよーが、まったくお構いなし？』

あ、さっきの前振り、そこにつながるわけね。

「まったくお構いなしではない。だって好きになっても、血がつながってたら相手が嫌がるじゃん」

『嫌がってなきゃおっけー？』

「好みだったらね。わたしをときめかせてくれるんならね」

『へー、ほー、ふーん』

意味深なリアクションをする夕子姉さん。

さて、そろそろ夕子姉さんの部屋に到着するわけだが――

「『恋愛データを集めた成果』の話はいつ始まるんだ？」

『もう始まってるぞ。恋愛データが集まって、おまえの恋愛傾向がばっちりわかったから、夕子お姉ちゃんがわかりやすぅ～く教えてやろうとしているんじゃないか』

言われてみれば確かに、わたしの好みについて話していたな。

「フッ、面白い！　では続きを聞かせてもらおうか！」

『んじゃ続きだが――千秋は、恋愛に関しては超々々～受け身で奥手で、まったく男らしくない恥ずかしがり屋のお嬢様気質だから、ぐいぐい積極的に迫ってくる相手じゃないとダメ』

「うっ……」

『ズバリおまえの恋愛観は、現実的な色恋から隔離されて育った女子小学生に近い』

「言い過ぎだろ⁉」

『大人しく認めろ。自覚があるだろ？』

「じっ、自覚が……」

ある……ッ！

なにを隠そう、わたしがときめいたのは、相手が超カッコいいイケメンぶりを発揮した瞬間ばかり……。少女マンガの一幕みたいな場面ばかり……。

とっても素敵な相手から、熱烈なアプローチを受けてはじめて、わたしの心は動くのだ。

恋に恋する乙女のように。

王子様に憧れる幼い少女のように。

認めたくはないが。これが八隅千秋の恋愛傾向……。

『ひひひ、普段の発言は、欲望まみれなのにな－？』

「やかましい！　……はぁ」

……いままで恋ができなかったわけだよ。

……女の子になったとたん、恋ができるようになるわけだよ。

いかん……わりと精神ダメージを受けている。

『そんでー、千秋の好みの外見は……「楓」と「千秋」なんだよな？』

「そのとおりだ！」

『理想の彼氏は男千秋と楓で、理想の彼女は女千秋と楓なんだよな？』

「よくわかってるじゃないか」

もちろん自分自身にときめくことはできないわけだが。

もしもわたしがもうひとりいたならば。

男女どっちの千秋であっても、一瞬で惚れてしまうことだろう。

「なんだ？　夕子姉さんも、きもいとか言うつもりか？」

『イヤベつに？　ワタシもワタシちょー好きだし？　ワタシがふたりいたら理想のカップルじゃんって思うし？』

「気が合うな」

『いつものことだろ。夕子お姉ちゃんと千秋は、似た者同士。世界で一番気が合うのだ』

「まぁ……そう、だな」

あんまり嬉しくないが、わたしと姉さんは、感性が近い……似た者同士、なのだろう。

血のつながりを強く感じる。

『そういうわけで、今回の研究成果、一番の目玉を大発表～！』

声とともに、バン！　と、目の前の扉が開き、

「じゃーん！　おまえの理想の女の子って、こーんな感じだろ～！」

現れたのは、どこか八隅千秋の面影がある、同年代の超々々々々～～美少女。

「――――」

女になって楓を一目見た時と、よく似た感覚が、わたしの脊髄を駆け上っていく。

「きひひっ」

硬直するわたしの目前に、イジワルそうな美貌が迫ってくる。

「ちーあきっ♡」

甘い笑みを浮かべる彼女は、しっかりと狙いすまして、、、、、、、——

「ワタシの彼女にしてやってもいいぞっ！」

わたしの胸を撃ち抜いたのである。

あとがき

『私の初恋は恥ずかしすぎて誰にも言えない』二巻を手に取っていただきまして、ありがとうございました。

本書は「最高のシリーズ二巻目にしよう」「最後の数十ページまでは、最終巻のつもりで書き切ろう」――そんな想(おも)いで書きあげました。

楽しんでいただけたのなら嬉(うれ)しいです。

実はこのあとがき、一巻のあとがきと同日に書いているんです。

一巻を執筆しているときは、続巻が出せるかどうかハラハラしていたのですが……。

読者の皆様がこのあとがきを読んでくださっているということは、無事に二巻をお届けできたようですね。

油断せず、次も最後のつもりで臨みます。

二〇二三年一一月　伏見(ふしみ)つかさ

告知です。

『私の初恋は恥ずかしすぎて誰にも言えない』のコミカライズが始まりました。

作画を担当してくださるのは、じゃこ先生。

『ヤングアニマル』本誌で連載中です。

じゃこ先生の可愛(かわい)らしい絵で活躍する千秋(ちあき)たちの姿を、ぜひマンガでもお楽しみください。

◉伏見つかさ著作リスト

「十三番目のアリス①〜④」（電撃文庫）
「俺の妹がこんなに可愛いわけがない①〜⑰」（同）
「ねこシス」（同）
「エロマンガ先生①〜⑬」（同）
「私の初恋は恥ずかしすぎて誰にも言えない①②」（同）
「名探偵失格な彼女」（VA文庫）

本書に対するご意見、ご感想をお寄せください。

ファンレターあて先
〒102-8177　東京都千代田区富士見2-13-3
電撃文庫編集部
「伏見つかさ先生」係
「かんざきひろ先生」係

本書は書き下ろしです。

電撃文庫

私の初恋は恥ずかしすぎて誰にも言えない②

伏見つかさ

2024年5月10日　初版発行
2024年12月10日　再版発行

発行者　山下直久
発行　株式会社KADOKAWA
〒102-8177　東京都千代田区富士見2-13-3
0570-002-301（ナビダイヤル）
装丁者　荻窪裕司（META＋MANIERA）
印刷　株式会社KADOKAWA
製本　株式会社KADOKAWA

●お問い合わせ
https://www.kadokawa.co.jp/（「お問い合わせ」へお進みください）
※内容によっては、お答えできない場合があります。
※サポートは日本国内のみとさせていただきます。
※ Japanese text only

※定価はカバーに表示してあります。

ISBN978-4-04-915590-7　C0193　Printed in Japan

電撃文庫　https://dengekibunko.jp/

電撃文庫DIGEST　5月の新刊

発売日2024年5月10日

第30回電撃小説大賞《銀賞》受賞作

バケモノのきみに告ぐ、

著／柳之助　イラスト／ゲソきんぐ

尋問を受けている。語るのは、心を異能に換える《アンロウ》の存在。そして4人の少女と共に戦った記憶について。いまや俺は街を混乱に陥れた大罪人。でも、希望はある。なぜか？――この『告白』を聞けばわかるさ。

私の初恋は恥ずかしすぎて誰にも言えない②

著／伏見つかさ　イラスト／かんざきひろ

「呪い」が解けた楓は「千秋への恋心はもう消えた」と嘘をつくが「新しい恋を探す」という千秋のことが気になって仕方がない。きょうだいで恋愛なんて絶対しない！　だけど……なんでこんな気持ちになるんですか！

続・魔法科高校の劣等生 メイジアン・カンパニー⑧

著／佐島 勤　イラスト／石田可奈

FAIRのロッキー・ディーンが引き起こした大規模魔法によって、サンフランシスコは一夜にして暴動に包まれた。カノープスやレナからの依頼を受け、達也はこの危機を解決するためUSNAに飛ぶ――。

ほうかごがかり3

著／甲田学人　イラスト／potg

大事な仲間を立て続けに失い、追い込まれていく残された「ほうかごがかり」。そんな時に、かかりの役割を逃れた前任者が存在していることを知り――。鬼才が放つ、恐怖と絶望が支配する"真夜中のメルヘン"第３巻。

組織の宿敵と結婚したらめちゃ甘い2

著／有象利路　イラスト／林けゐ

敵対する異能力者の組織で宿敵同士だった二人は――なぜかイチャコラ付き合った上に結婚していた！　そんな夫婦の馴れ初めは、まさかの場末の合コン会場で……これは最悪の再会から最愛を掴むまでの初恋秘話。

凡人転生の努力無双2 ～赤ちゃんの頃から努力してたらいつのまにか日本の未来を背負ってました～

著／シクラメン　イラスト／夕薙

何百人もの祓魔師を葬ってきた《魔》をわずか五歳にして祓ったイツキ。小学校に入学し、イツキに対抗心を燃やす祓魔師の少女と出会い!?　努力しすぎて凡人なのに最強になっちゃった少年の痛快無双譚、学園入学編！

放課後、ファミレスで、クラスのあの子と。2

著／左リュウ　イラスト／magako

突然の小白の家出から始まった夏休みの逃避行。楽しいはずの日々も長くは続かず、小白は帰りたくない元凶である家族との対峙を余儀なくされる。けじめをつける覚悟を決めた小白に対して、紅太は――。

【恋バナ】これはトモダチの話なんだけど2 ～すぐ真っ赤になる幼馴染はキスがしたくてたまらない～

著／戸塚 陸　イラスト／白蜜柑

あの〝キス〟から数日。お互いに気持ちを切り替えた一方、未だに妙な気まずさが漂う日々。そんななか「トモダチが言うには、イベントは男女の仲を深めるチャンスらしい」と、乃愛が言い出して……？

ツンデレ魔女を殺せ、と女神は言った。3

著／ミサキナギ　イラスト／米白粕

「俺はステラを救い出す」女神の策略により、地下牢獄に囚われてしまったステラ。死刑必至の魔女裁判が迫るなか、女神に対抗する俺たちの前に現れたのは《救世女》と呼ばれるどこか見覚えのある少女で――。

新作 孤独な深窓の令嬢はギャルの夢を見るか

著／九曜　イラスト／椎名くろ

とある「事件」からクラスで浮いていた赤沢公親は、コンビニでギャル姿のクラスメイト、野添瑞希と出会う。学校では深窓の令嬢然としている彼女の意外な秘密を知ったことで、公親と瑞希の奇妙な関係が始まる――。

新作 幼馴染のVTuber配信に出たら超神回で人生変わった

著／道野クローバー　イラスト／たびおか

疎遠な幼馴染の誘いでVTuber配信に出演したら、バズってそのままデビュー……ってなんで！？　Vとしての新しい人生は刺激的でこれが青春ってやつなのかも……そして青春には可愛い幼馴染との恋愛も付き物で？

新作 はじめてのゾンビ生活

著／不破有紀　イラスト／雪下まゆ

ゾンビだって恋をする。バレンタインには好きな男の子に、ライバルより高級なチーズをあげたい。ゾンビだって未来は明るい。カウンセラーにも、政治家にも、宇宙飛行士にだってなれる――！

新作 他校の氷姫を助けたら、お友達から始める事になりました

著／皐月陽龍　イラスト／みすみ

平凡な高校生・海似蒼太は、ある日【氷姫】と呼ばれる他校の少女・東雲凪を痴漢から助ける。次の日、彼女に「通学中、傍にいてほしい」と頼まれて――他人に冷たいはずの彼女と過ごす、甘く溶けるような恋物語。

二月 公
イラスト／さばみぞれ
声優ラジオのウラオモテ
#01 夕陽とやすみは隠しきれない？
オモテは元気＆清楚なアイドル声優／
ウラはギャル＆根暗地味子な女子高生!?
プロ根性で世界をダマせ！
バレたらアウトの声優ラジオ
Now On Air!!
第26回
電撃小説大賞
大賞
受賞
電撃文庫

ギルドの受付嬢ですが、残業は嫌なのでボスをソロ討伐しようと思います
uketsukejou saikyou
残業回避。
定時死守！
（自分の）平穏を守るため、
受付嬢が凄腕冒険者へと変貌する——!?
第27回
電撃小説大賞
金賞
受賞